徐志摩纪念馆
Xu Zhimo's Memorial Hall

回望徐志摩

罗烈弘 陈武 主编

自剖

徐志摩 著

中国文史出版社

图书在版编目（CIP）数据

自剖 / 徐志摩著 . -- 北京 : 中国文史出版社 ,

2021.11

（回望徐志摩）

ISBN 978-7-5205-3404-8

Ⅰ . ①自… Ⅱ . ①徐… Ⅲ . ①散文集—中国—现代

Ⅳ . ① I266

中国版本图书馆 CIP 数据核字 (2021) 第 249841 号

责任编辑：金　硕　胡福星

出版发行	中国文史出版社
社　　址	北京市海淀区西八里庄路 69 号院　邮编 :100142
电　　话	010-81136606 81136602　81136603 81136605（发行部）
传　　真	010-81136655
印　　装	阳谷毕升印务有限公司
经　　销	全国新华书店
开　　本	880 × 1230　1/32
印　　张	5.375
字　　数	142 千字
版　　次	2022 年 3 月北京第 1 版
印　　次	2022 年 3 月第 1 次印刷
定　　价	48.00 元

目　录

CONTENTS

自剖辑

哀思辑

其 他

自剖辑

自　剖

我是个好动的人，每回我身体行动的时候，我的思想也仿佛就跟着跳荡。我作的诗，不论它们是怎样的“无聊”，有不少是在旅行期中想起的。我爱动，爱看动的事物，爱活泼的人，爱水，爱空中的飞鸟，爱车窗外掣过的田野山水。星光的闪动，草叶上露珠的颤动，花须在微风中的摇动，雷雨时云空的变动，大海中波涛的汹涌，都是在触动我感兴的情景。是动，不论是什么性质，就是我的兴趣，我的灵感。是动就会催快我的呼吸，加添我的生命。

近来却大大地变样了。第一我自身的肢体，已不如原先灵活；我的心也同样地感受了不知是年岁还是什么拘絷。动的现象再不能给我欢喜，给我启示。先前我看着在阳光中闪烁的金波，就仿佛看见神仙宫阙——什么荒诞美丽的幻觉不在我的脑中一闪闪地掠过；现在不同了，阳光只是阳光，流波只是流波，任凭景色怎样的灿烂，再也照不化我的呆木的心灵。我的思想，如其偶尔有，也只似岩上的藤萝，贴着枯干的粗糙的石面，极困难地蜒着；颜色是苍黑的，姿态是倔强的。

我自己也不懂得何以这变迁来得这样的兀突，这样的深彻。原先我在人前自觉竟是一注的流泉，时时有飞沫，时时有闪光；现在这泉眼，如其还在，仿佛是叫一块石板不留余隙地给镇住了。我再没有先前那样蓬勃的情趣，每回我想说话的时候，就觉着那石块的重压，怎么也掀不动，怎么也推不开，结果只能自安沉默！“你再不用想什么了，你再没有什么可想的了”；“你再不用开口了，你再没有什么话可说的了”。我常觉得我沉闷的心府里有这样半嘲讽半吊唁的谆嘱。

说来我思想上或经验上也并不曾经受什么过分剧烈的戟刺。我处境是向来顺的，现在，如其有不同，只是更顺了的。那么为什么这变迁？远的不说，就比如我年前到欧洲去时的心境：啊！我那时还不是一只初长毛角的野鹿？什么颜色不激动我的视觉，什么香味不兴奋我的嗅觉？我记得我在意大利写游记的时候，情绪是何等的活泼，兴趣何等的醇厚，一路来眼见耳听心感的种种，哪一样不活栩栩地从集在我的笔端，争求充分的表现！如今呢？我这次到南方去，来回也有一个多月的光景，这期内眼见耳听心感的事该有不少。我未动身前，又何尝不自喜此去又可以有机会饱餐西湖的风色、邓尉的梅香——单提一两件最合我脾胃的事，有好多朋友也曾期望我在这闲暇的假期中采集一点江南风趣，归来时，至少也该带回一两篇爽口的诗文，给在北京泥土的空气中活命的朋友们一些清醒的消遣。但在事实上不但在南方时我白瞪着大眼，看天亮换天昏，又闭上了眼，拼天昏换天亮，一支秃笔跟着我涉海去，又跟着我涉海回来，正如岩洞里的一根石笋，压根儿就没一点摇动的消息；就在我回京后这十来天，任凭朋友们怎样的催促，自己良心怎样的责备，我的笔尖上还是滴不出一点墨汁来，我也曾勉强想想，勉强想写，但到底还是白费！可怕是这心灵骤然的呆顿。完全死了不成？我自己的疑惑。

说来是时局也许有关系。我到京几天就逢着空前的血案。五卅事件发生时我正在意大利山中，采茉莉花编花篮儿玩，翡冷翠山中只见明星与流萤的交唤，花香与山色的温存，俗氛是吹不到的。直到七月间到了伦敦我才理会国内风光的惨淡，等到我赶回来时，设想中的激昂，又早变成了明日黄花，看得见的痕迹只有满城黄墙上墨彩斑斓的“泣告”！

这回却不同，屠杀的事实不仅是在我住的城子里发现，我有时竟觉得是我自己的灵府里的一个惨象。杀死的不仅是青年们的生命，我自己的思想也仿佛遭着了致命的打击，好比是国务院前的断头残肢，再也不能回复生动与连贯。但深刻的难受在我是无名的，是不能完全解释的。这回事变的奇惨性引起愤慨与悲切是一件事，但同时我们也知道在这根本起变态作用的社会里，什么怪诞的情形都是可能的。屠杀无辜，还不是年来最平常的现象。自从内战纠结以来，在受战祸的区域内，哪一处村落不曾分到过遭奸污的女性，屠残的骨肉，供牺牲的生命财产？这无非是给冤氛团结的地面上多添一团更集中更鲜艳的怨毒。再说哪一个民族的解放史能不浓浓地染着 Martyrs 的腔血？只要我们有识力认定，有胆量实行，我们理想中的革命，这回羔羊的血就不会是白涂的。所以我个人的沉闷决不完全是这回惨案引起的感情作用。

爱和平是我的生性。在怨毒、猜忌、残杀的空气中，我的神经每每感受一种不可名状的压迫。记得前年奉直战争时我过的那日子简直是一团黑漆，每晚更深时，独自抱着脑壳伏在书桌上受罪，仿佛整个时代的沉闷盖在我的头顶——直到写下了《毒药》那几首不成形的咒诅诗以后，我心头的紧张才渐渐地缓和下去。这回又有同样的情形；只觉着烦，只觉着闷，感想来时只是破碎，笔头只是笨滞。结果身体也不会畅，像是蜡油涂抹了全身毛窍似的难过，一天过去了又是一天，我这里又在重演更深独坐箍紧脑壳的姿势，窗外皎洁的月光，分明是在嘲讽我内心的枯窘！

不，我还得往更深处挖。我不能叫这时局来替我思想骤然的呆顿负责，我得往我自己生活的底里找去。

平常有几种原因可以影响我们的心灵活动。实际生活的牵制可以划去我们心灵所需要的闲暇，积成一种压迫。在某种热烈的想望不曾得满足时，我们感觉精神上的闷与焦躁，失望更是颠覆内心平行的一个大原因；较剧烈的种类可以麻痹我们的灵智，淹没我们的理性。但这些都合不上我的病源；因为我在实际生活里已经得到十分的幸运。我的潜在意识里，我敢说不该有什么压着的欲望在作怪。

但是在实际上反过来看另有一种情形可以阻塞或是减少你心灵的活动。我们知道舒服、健康、幸福，是人生的目标，我们因此推想我们痛苦的起点是在望见那些目标而得不到的时候。我们常听人说“假如我像某人那样生活无忧我一定可以好好地做事，不比现在整天的精神全花在琐碎的烦恼上”。我们又听说“我不能做事就为身体太坏，若是精神来得，那就……”我们又常常设想幸福的境界，我们想“只要有一个意中人在跟前那我一定奋发，什么事做不到！”但是不，在事实上，舒服、健康、幸福，不但不一定是帮助或奖励心灵生活的条件，它们有时正得相反的效果。我们看不起有钱人，在社会上得意的人，肌肉过分发达的运动家，也正在此；至于年少人幻想中的美满幸福，我敢说等得当真有了红袖添香，你的书也就读不出所以然来，且不说什么在学问上或艺术上更认真地工作。

那么生活的满足是我的病源吗？

“在先前的日子，”一个真知我的朋友，就说，“正为是你生活不得平衡，正为你有欲望不得满足，你的压在内里的 Libido 就形成一种升华的现象，结果你就借文学来发泄你生理上的郁结，（你不常说你从事文学是一件不预期的事吗？）这情形又容易使你的意识里形成一种虚幻的希望，因为你的写作得到一部分赞许，你就自以为确有相当创作的天赋以及独立思想的能力。但你只是自冤自，实在你并没有什么超人一等的天赋，你的设想多半是虚荣，你以前的成绩只是升华的结果。所以现在等得你生活换了样，感情上有了安顿，你就发现你向来写作的来源顿呈萎缩甚至枯竭的现象；而你又不愿意承认这情形的实在，妄想到你身子以外去找你思想枯窘的原因，所以你就不由得感到深刻的烦闷。你只是对你自己生气，不甘心承认你自己的本相。不，你原来并没有三头六臂的！

“你对文艺并没有真兴趣，对学问并没有真热心。你本来没有什么更高的志愿，除了相当合理的生活，你只配安分做一个平常人，享你命里注定的‘幸福’；在事业界，在文艺创作界，在学问界内，全没有你的位置，你真的没有那能耐。不信你只要自问在你心里的心里有没有那无形的‘推力’，整天整夜地恼着你，逼着你，督着你，放开实际生活的全部，单望着不可捉摸的创作境界里去冒险？是的，顶明显的关键就是那无形的推力或是冲动（The Impulse），没有它人类就没有科学，没有文学，没有艺术，没有一切超越功利实用性质的创作。你知道在国外（国内当然也有，许没那样多）有多少人被这无形的推力驱使着，在实际生活中变成一种离魂病性质的变态动物，不但人间所有的虚荣永远沾不上他们的思想，就连维持生命的睡眠饮食，在他们都失了重要，他们全部的心力只是在他们那无形的推力所指示的特殊方向上集中应用。怪不得有人说天才是疯癫，我们在巴黎伦敦不就到处碰得着这类怪人？如其他是一个美术家，恼着他的就只怎样可以完全表现他那理想中的形体；一个线条的准确，某种色彩的调谐，在他会得比他生身父母的生死与国家的存亡更重要，更迫切，更要求注意。我们知道专门学者有终身掘坟墓的，研究蚊虫生理的，观察亿万万里外一个星的动定的。并且他们决不问社会对于他们的劳力有否任何的认识，那就是虚荣的进路；

他们是被一点无形的推力的魔鬼蛊定了的。

“这是关于文艺创作的话。你自问有没有这种情形。你也许经验过什么‘灵感’，那也许有，但你却不要把刹那误认作永久的，虚幻认作真实。至于说思想与真实学问的话，那也得背后有一种推力，方向许不同，性质还是不变。做学问你得有原动的好奇心，得有天然热情和态度去做求知识的功夫。真思想家的准备，除了特强的理智，还得有一种原动的信仰；信仰或寻求信仰，是一切思想的出发点，极端的怀疑派思想也只是期望重新位置信仰的一种努力。从古来没有一个思想家不是宗教性的。在他们，各按各的倾向，一切人生的和理智的问题是实在有的；神的有无，善与恶，本体问题，认识问题，意志自由问题，在他们看来都是含逼迫性的现象，要求合理的解答——比山岭的崇高、水的流动、爱的甜蜜更真，更实在，更耸动。他们的一点心灵，就永远在他们设想的一种或多种问题的周围飞舞、旋绕，正如灯蛾之于火焰：牺牲自身来贯彻火焰中心的秘密，是他们共有的决心。

“这种惨烈的情形，你怕也没有吧？我不说你的心幕上就没有思想的影子；但它们怕只是虚影，像水面上的云影，云过影子就跟着消散，不是石上的留痕越日久越深刻。

“这样说下来，你倒可以安心了！因为个人最大的悲剧是设想一个虚无的境界来谎骗你自己；骗不到底的时候你就得忍受‘幻灭’的莫大的苦痛。与其那样，还不如及早认清自己的深浅，不要把不必要的负担，放上支撑不住的肩背，压坏你自己，还难免旁人的笑话！朋友，不要迷了，定下心来享你现成的福分吧。思想不是你的分，文艺创作不是你的分，独立的事业更不是你的分！天生扛了重担来的那也没法想（哪一个天才不是活受罪！）。你是原来轻松的，这是多可羡慕、多可贺喜的一个发现！算了吧，朋友！”

三月二十五至四月一日

再　剖

你们知道喝醉了想吐吐不出或是吐不爽快的难受不是？这就是我现在的苦恼；肠胃里一阵阵地作恶，腥腻从食道里往上泛，但这喉关偏跟你别扭，它捏住你，逼住你，逗着你——不，它且不给你痛快哪！前天那篇《自剖》，就比是哇出来的几口苦水，过后只是更难受，更觉着往上冒。我告诉你我想要怎么样。我要孤寂：要一个静极了的地方——森林的中心，山洞里，牢狱的暗室里——再没有外界的影响来逼迫或引诱你的分心，再不须计较旁人的意见，喝彩或是嘲笑；当前唯一的对象是你自己：你的思想，你的感情，你的本性，那时它们再不会躲避，不会隐遁，不会装作；赤裸裸地听凭你察看，检验，审问。你可以放胆解去你最后的一缕遮盖，袒露你最自怜的创伤，最掩讳的私亵。那才是你痛快一吐的机会。

但我现在的生活情形不容我有那样一个时机，白天太忙（在人前一个人的灵性永远是缩在壳内的蜗牛），到夜间，比如此刻静是静了，人可又倦了，惦着明天的事情又不得不早些休息。啊，我真羡慕我台上放着那块唐砖上的佛像，他在他的莲台上瞑目坐着，什么都摇不动他那入定的圆澄。我们只是在烦恼网里过日子的众生，怎敢企望那光明无碍的境界！有鞭子下来，我们躲；见好吃的，我们垂涎；听声响，我们着忙；逢着痛痒，我们着恼。我们是鼠，是狗，是刺猬，是天上星星与地上泥土间爬着的虫。哪里有工夫，即使你有心想亲近你自己，哪里有机会，即使你想痛快地一吐？

前几天也不知无形中经过几度挣扎，才呕出那几口苦水，这在我虽则难受还是照旧，但多少总算是发泄。事后我私下觉着愧悔。因为我不该拿我一己苦闷的骨鲠，强读者们陪着我吞咽。是苦水就不免熏蒸的恶味。我承认这完全是我自私的行为，不敢望恕的。我唯一的解嘲是这几口苦水的确从我自己的肠胃里呕出——不是去脏水桶里舀来的。我不曾期望同情，我只要朋友们认识我的深浅——（我的浅？）我最怕朋友们的容宠容易形成一种虚拟的期望；我这操刀自剖的一个目的，就在及早解卸我本不该扛上的担负。

是的，我还得往底里挖，往更深处剖。

最初我来编辑副刊，我有一个心愿，我想把我自己整个儿交给能容纳我的读者们，我心目中的读者们，说实话，就只这时代的青年。我觉着只有青年们的心窝里有容我的空隙，我要偎着他们的热血，听他们的脉搏。我要在我自己的情感里发现他们的情感，在自己的思想里反映他们的思想。假如编辑的意义只是选稿，配版，付印，拉稿，那还不如去做银行的伙计——有出息得多。我接受编辑《晨报·副刊》的机会，就为这不单是机械性的一种任务。（感谢《晨报》主人的信任与容忍）《晨报》变了我的喇叭，从这管口里我有自由吹弄我古怪的不调谐的音调。它是我的镜子，在这平面上描画出我古怪的不调谐的形状。我也决不掩讳我的原形：我就是我。记得我第一次与读者们相见，就是一篇供状。我的经过，我的深浅，我的偏见，我的希望，我都曾经再三地声明，怕是你们早听厌了。但初起我的一种期望是真的——期望我自己。也不知那时间为什么原因我竟有那活灵灵的一副勇气。我宣言我自己跳进了这现实的世界，存心想来对准人生的面目认他一个仔细。我信我自己的热心（不是知识）多少可以给我一些对敌力量的。我想拼这一天，把我的血肉与灵魂，放进这现实世界的磨盘里去挨，锯齿下去拉——我就要尝那味儿！只有这样，我想，才可以期望我主办的刊物多少是一个有生命气息的东西；才可以期望在作者与读者间发生一种活的关系；才可以期望读者们觉着这一长条报纸与黑的字印的背后，的确至少有一个活着的人与一颗动着的心，他的把握是在你的腕上，他的呼吸吹在你的脸上，他的欢喜、他的惆怅、他的迷惑、他的伤悲就比是你自己的，的确是从一个可认识的主体上发出来的变化——是站在台上人的姿态——不是投射在白幕上的虚影。

并且我当初也并不是没有我的信念与理想。我有我崇拜的德性，有我信仰的原则，有我爱护的事物，也有我痛疾的事物，往理性的方向走，往爱心与同情的方向走，往光明的方向走，往真的方向走，往健康快乐的方向走，往生命，更多更大更高的生命方向走——这是我那时的一点“赤子心”。我恨的是这时代的病象，什么都是病象：猜忌，诡诈，小巧，倾轧，挑拨，残杀，互杀，自杀，忧愁，虚伪，肮脏。我不是医生，不会治病；我就有一双手，趁它们活灵的时候，我想，或许可以替这时代打开几扇窗，多少让空气流通些，浊的毒性的出去，清醒的洁净的进来。

但紧接着我的狂妄的招摇，我最敬畏的一个前辈（看了我的《吊刘叔和》文）就给我当头一棒——

> ……既立意来办报而且郑重宣言“决意改变我对人的态度”，那么自己的思想就得先磨冶一番。不能单凭主觉，随便说了就算完事。迎上前去，不要又退了回来！一时的兴奋，是无用的，说话越觉得响亮起劲，跳踯有力，其实即是内心的虚弱，何况说出衰颓懊丧的语气，叫一般青年看了，更给他们以可怕的影响，似乎不是志摩这番挺身出马的本意！……

迎上前去，不要又退了回来！这一喝这几个月来就没有一天不在我“虚弱的内心”里回响。实际上自从我喊出“迎上前去”以后，即使不曾撑开了往后退，至少我自己觉不得我的脚步曾经向前挪动。今天我再不能容我自己这样梦想下去。算清亏欠，在还算得清的时候，总比窝着浑着强。我不能不自剖。冒着“说出衰颓懊丧的语气”的危险，我不能不利用这反省的锋刃，劈去纠着我心身的累赘、淤积，或许这来倒有自我真得解放的希望！

想来这做人真是奥妙，我信我们的生活至少是复性的。看得见、觉得着的生活是我们的显明的生活，但同时另有一种生活，跟着知识的开豁逐渐胚胎，成形，活动，最后支配前一种的生活，就比是我们投在地上的身影，跟着光亮的增加渐渐由模糊化成清晰，形体是不可捉的，但它自有它的奥妙的存在，你动它跟着动，你不动它跟着不动。在实际生活的匆遽中，我们不易辨认另一种无形的生活的并存，正如我们在阴地里不见我们的影子；但到了某时候某境地忽地发现了它，不容否认地踵接着你的脚跟，比如你晚间步月时发现你自己的身影。它是你的性灵的或精神的生活。你觉到你有超实际生活的性灵生活的俄顷，是你一生的一个大关键！你许到极迟才觉悟（有人一辈子不得机会），但你实际生活中的经历、动作、思想，没有一丝一屑不同时在你那跟着长成的性灵生活中留着“对号的存根”，正如你的影不放过你的一举一动，虽则你不注意到或看不见。

我这时候就比是一个人初次发现他有影子的情形。惊骇、讶异、迷惑、耸悚、猜疑、恍惚同时并起，在这辨认你自身另有一个存在的时候，我这辈子只是在生活的道上盲目地前冲，一时踹入一个泥潭，一时踏折一枝草花，只是这无目的地奔驰；从哪里来，向哪里去，现在在哪里，该怎么走，这些根本的问题却从不曾到我的心上。但这时候突然地，恍然地我惊觉了。仿佛是一向跟着我形体奔波的影子忽然阻住了我的前路，责问我这匆匆的究竟是为什么！

一种新意识的诞生。这来我再不能盲冲，我至少得认明来踪与去迹，该怎样走法如其有目的地，该怎样准备如其前程还在遥远？

啊，我何尝愿意吞这果子，早知有这么多的麻烦！现在我第一要考察明白的是这“我”究竟是怎么一回事；然后再决定掉落在这生活道上的“我”的赶路方法。以前种种动作是没有这新意识做主宰的；此后，什么都得由它。

四月五日

求　医

To understand that the sky is everywhere blue, it is not necessary to have travelled all round the world.

——Goethe

新近有一个老朋友来看我，在我寓里住了好几天，彼此好久没有机会谈天，偶尔通信也只泛泛的；他只从旁人的传说中听到我生活的梗概，又从他所听到的推想及我更深一层的生活的大致。他早把我看作“丢了”。谁说空闲时间不能离间朋友间的相知？但这一次彼此又捡起了，理清了早年息息相通的线索，这是一个愉快！单说一件事：他看看我四月间副刊上的两篇《自剖》，他说他也有文章做了，他要写一篇《剖志摩的自剖》。他却不曾写，我几次逼问他，他说一定在离京前交卷。有一天他居然谢绝了约会，躲在房子里装病，想试他那柄解剖的刀，晚上见他的时候，他文章不曾做起；脸上倒真的有了病容！“不成功，”他说，“不要说剖，我这把刀，即使有，早就在刀鞘里锈住了，我怎么也拉它不出来！我倒自己发生了恐怖，这回回去非发奋不可。”打了全军覆没的大败仗回来的，也没有他那晚谈话时的沮丧！

但他这来还是帮了我的忙；我们俩连着四五晚通宵的谈话，在我至少感到了莫大的安慰。我的朋友正是那一类人，说话是绝对不敏捷的，他那永远茫然的神情与偶尔激出来几句话，在当时极易招笑，但在事后往往透出极深刻的意义，在听着的人的心上不易磨灭的，别看他说话的外貌乱石似的粗糙，他那核心里往往藏着直觉的纯朴。他是那一类的朋友，他那不浮夸的同情心在无形中启发你思想的活动，引逗你心灵深处的“解严”；“你尽量披露你自己，”他仿佛说，“在这里你没有被误解的恐怖。”我们俩的谈话是极不平等的：十分里有九分半的时光是我占据的，他只贡献简短的评语，有时修正，有时赞许，有时引申我的意思；但他是一个理想的“听者”，他能尽量地容受，不论对面来的是细流或是大水。

我的自剖文不是解嘲体的闲文，那是我个人真的感到绝望的呼声。“这篇文章是值得写的，”我的朋友说，“因为你这来冷酷地操刀，无顾恋地劈剖你自己的思想，你至少摸着了现代的意识的一角；你剖的不仅是你，我也叫你剖着了，正如歌德说的‘要知道天到处是碧蓝，并用不着到全世界去绕行一周’。你还得往更深处剖，难得你有勇气下手；你还得如你说的，犯着恶心呕苦水似的呕，这时代的意识是完全叫种种相冲突的价值的尖刺给交占住，支离了缠昏了的，你希冀回复清醒与健康先得清理你的外邪与内热。至于你自己，因为发现病象而就放弃希望，当然是不对的；我可以替你开方。你现在需要的没有别的，你只要多多地睡！休息，休养，到时候你自会强壮。我是开口就会牵到歌德的，你不要笑；歌德就是懂得睡的秘密的一个。他每回觉得他的创作活动有退潮的趋向，他就上床去睡，真的放平了身子的睡，不是喻言，直到精神回复了，一线新来的波澜逼着他再来一次发疯似的创作。你近来的沉闷，在我看，也只是内心需要休息的信号。正如潮水有涨落的现象，我们劳心的也不免同样受这自然律的支配，你怎么也不该挫气，你正应得利用这时期；休息不是工作的断绝，它是消极的活动；这正是你吸新营养取得新生机的机会。听凭地面上风吹得怎样尖厉，霜盖得怎么严密，你只要安心在泥土里等着，不愁到时候没有再来一次爆发的惊喜。”

这是他开给我的药方，后来他又跟别的朋友谈起，他说我的病——如其是病——有两味药可医，一是“隐居”，一是“上帝”。烦闷是起源于精神不得充分地怡养；烦嚣的生活是劳心人最致命的伤，离开了就有办法，最好是去山林静僻处躲起来。但这环境的改变，虽则重要，还只是消极的一面；为要启发性灵，一个人还得积极地寻求。比性爱更超越更不可摇动的一个精神的寄托——他得自动去发现他的上帝。

上帝这味药是不易配得的。我们姑且放开在一边（虽则我们不能因祂字面的兀突就忽略祂的深刻的含义，那就是说这时代的苦闷现象隐示一种渐次形成宗教性大运动的趋向）；暂时脱离现社会去另谋隐居生活那味药，在我不但在事实上有要得到的可能，并且正合我新近一天迫似一天的私愿，我不能不计较一下。

我们都是在生活的蜘网中胶住了的细虫，有的还在勉强挣扎，大多数是早已没了生气，只当着风来吹动网丝的时候顶可怜相地晃动着，多经历一天人事，做人不自由的感觉也跟着真似一天。人事上的关联一天加密一天，理想的生活上的依据反而一天远似一天，尽是这飘忽忽的，仿佛是一块石子在一个无底的深潭中无穷无尽地往下坠着似的——有到底的一天吗，天知道！实际的生活逼得越紧，理想的生活宕得越空，你这空手仆仆的不“丢”怎么着？你睁开眼来看看，见着的只是一个悲惨的世界，我们这倒运的民族眼下只有两种人可分，一种是在死的边沿过活的，另一种简直是在死里面过活的；你不能不发悲心不是，可是你有什么能耐能抵挡这普遍“死化”的凶潮，太凄惨了呀这“人道的幽微的悲切的音乐”！那么你闭上眼吧，你只是发现另一个悲惨的世界：你的感情，你的思想，你的意志，你的经验，你的理想，有哪一样调谐的，有哪一样容许你安舒的？你想要——但是你的力量？你仿佛是掉落在一个井里，四边全是光油油不可攀缘的陡壁，你怎么想上得来？就我个人说，所谓教育只是“画皮”的勾当，我何尝得到一点真的知识？说经验吧；不错，我也曾进货似的运得一部分的经验，但这都是硬性的，杂乱的，不经受意识渗透的；经验自经验，我自我，这一屋子满满的生客只使主人觉得迷惑，慌张，害怕。不，我不但不曾“找到”我自己；我竟疑心我是“丢”定了的。曼殊斐儿[1]在她的日记里写——

> 我不是晶莹的透彻。
>
> 我什么都不愿意的。全是灰色的；重的，闷的……我要生活，这话怎么讲？单说是太易了。可是你有什么法子？
>
> 所有我写下的，所有我的生活，全是在海水的边沿上。这仿佛是一种玩意。我想把我所有的力量全给放上去，但不知怎的我做不到。

① Mansfield，全名 Katherine Mansfield，今译凯瑟琳·曼斯菲尔德，新西兰作家。

前这几天，最使人注意的是蓝的彩色。蓝的天，蓝的山——一切都是神异的蓝！……但深黄昏的时刻才真是时光的时光。当着那时候，面前放着非人间的美景，你不难领会到你应分走的道儿有多远。珍重你的笔，得不辜负那上升的明月，那白的天光。你得够“简洁”，正如你在上帝跟前的简洁。

我方才细心地刷净收拾我的水笔。下回它再要是漏，那它就不够格儿。

我觉得我总不能给我自己一个沉思的机会，我正需要那个。我觉得我的心地不够清白，不识卑，不兴。这底里的渣子新近又漾了起来。我对着山看，我见着的就是山。说实话，我念不相干的书……不经心，随意？是的，就是这情形。心思乱，含糊，不积极，尤其是躲懒，不够用功——白费时光。我早就这么喊着——现在还是这呼声。为什么这么阑珊的，你？啊，究竟为什么？

我一定得再发奋一次，我得重新来过。我再来写一定得简洁地，充实地，自由地写，从我心坎里出来的。平心静气的，不问成功或是失败，就这往前去做去。但是这回得下决心了！尤其得跟生活接近。跟这天，这月，这些星，这些冷落的坦白的高山。

“我要是身体健康，”曼殊斐儿在又一处写，“我就一个人跑到一个地方，在一株树下坐着去。”她这苦痛的企求内心的莹彻与生活调谐，哪一个字不在我此时比她更“散漫，含糊，不积极”的心境里引起同情的回响！啊，谁不这样想．我要是能，我一定跑到一个地方，在一株树下坐着去。但是你能吗？

想　飞

假如这时候窗子外有雪——街上，城墙上，屋脊上，都是雪，胡同口一家屋檐下偎着一个戴黑兜帽的巡警，半拢着睡眼，看棉团似的雪花在半空中跳着玩……假如这是夜，是一个深极了的夜，不是壁上挂钟的时针指示给我们看的深夜，这深就比是一个山洞的深，一个往下钻螺旋形的山洞的深……

假如我能有这样一个深夜，它那无底的阴森捻起我遍体的毫管；再能有窗子外不住往下筛的雪，筛淡了远近间扬动的市谣，筛泯了在泥道上挣扎的车轮，筛灭了脑壳中不妥协的潜流……

我要那深，我要那静。那在树荫浓密处躲着的夜鹰，轻易不敢在天光还在照亮时出来睁眼。思想，它也得等。

青天里有一点子黑的，正冲着太阳耀眼，望不真，你把手遮着眼，对着那两株树缝里瞧，黑的，有橙子来大，不，有桃子来大——嘿，又移着往西了！

我们吃了中饭出来到海边去。（这是英国康槐尔[1]极南的一角，三面是大西洋。）勖丽丽的叫响从我们的脚底下匀匀地往上颤，齐着腰，到了肩高，过了头顶，高入了云，高出了云。啊！你能不能把一种急震的乐音想成一阵光明的细雨，从蓝天里冲着这平铺着青绿的地面不住地下？不，那雨点都是跳舞的小脚，安琪儿的。云雀们也吃过了饭，离开了它们卑微的地巢飞往高处做工去。上帝给它们的工作，替上帝做的工作。瞧着，这儿一只，那边又起了两只！一起就冲着天顶飞，小翅膀活动得多快活，圆圆的，不踌躇地飞——它们就认识青天。一起就开口唱，小嗓子活动得多快活，一颗颗小圆珠子直往外唾，亮亮地唾，脆脆地唾——它们赞美的是青天。瞧着，这飞得多高，有豆子大，有芝麻大，黑刺刺的一屑，直顶着无底的天顶细细地摇——

① Cornwall，今译康沃尔，英国郡名，1995 年变更为康沃尔和锡利群岛郡。

这全看不见了，影子都没了！但这光明的细雨还是不住地下着……

飞。“其翼若垂天之云……背负苍天，而莫之夭阏者”；那不容易见着。我们镇上东关厢外有一座黄泥山，山顶上有一座七层的塔，塔尖顶着天。塔院里常常打钟，钟声响动时，那在太阳西晒的时候多，一枝艳艳的大红花贴在西山的鬓边回照着塔山上的云彩——钟声响动时，绕着塔顶尖，摩着塔顶天，穿着塔顶云，有一只两只，有时三只四只，有时五只六只蜷着爪往地面瞧的“饿老鹰”，撑开了它们灰苍苍的大翅膀没挂恋似的在盘旋，在半空中浮着，在晚风中泅着，仿佛是按着塔院钟的波荡来练习圆舞似的。那是我做孩子时的“大鹏”。有时好天抬头不见一瓣云的时候听着豹虓忧忧地叫响，我们就知道那是宝塔上的饿老鹰寻食吃来了，这一想象半天里秃顶圆睛的英雄，我们背上的小翅膀骨上就豁出了一铧铧铁刷似的羽毛，摇起来呼呼响的，只一摆就冲出了书房门，钻入了玳瑁镶边的白云里玩儿去，谁耐烦站在先生书桌前晃着身子背早上上的多难背的书！啊，飞！不是那在树枝上矮矮的跳着的麻雀儿的飞；不是那凑天黑从堂匾后背冲出来赶蚊子吃的蝙蝠的飞；也不是那软尾巴软嗓子做窠在堂檐上的燕子的飞。要飞就得满天飞，风拦不住云挡不住地飞，一展翅膀就跳过一座山头，影子下来遮得荫二十亩稻田的飞，到天晚飞倦了就来绕着那塔顶尖顺着风向打圆圈做梦……听说饿老鹰会抓小鸡！

飞。人们原来都是会飞的。天使们有翅膀，会飞，我们初来时也有翅膀，会飞。我们最初来就是飞来的，有的做完了事还是飞了去，他们是可羡慕的。但大多数人是忘了飞的，有的翅膀上掉了毛不长再也飞不起来，有的翅膀叫胶水给胶住了再也拉不开，有的羽毛叫人给修短了像鸽子似的只会在地上跳，有的拿背上一对翅膀上当铺去典钱使过了期再也赎不回……真的，我们一过了做孩子的日子就掉了飞的本领。但没了翅膀或是翅膀坏了不能用是一件可怕的事。因为你再也飞不回去，你蹲在地上呆望着飞不上去的天，看旁人有福气地一程一程地在青云里逍遥，那多可怜。而且膀又不比是你脚上的鞋，穿烂了可以再问妈要一双去，翅膀可不成，折了一根毛就是一根，没法给补的。还有，单顾着你翅膀也还不定规到时候能飞，你这身子要是不谨慎养太肥了，翅膀力量小再也托不起，也是一样难不是？一对小翅膀驮不起一个胖肚子，那情形多可笑！到时候你听人家高声地招呼说，朋友，回去罢，趁这天还有紫色的光，你听他们的翅膀在半空中沙沙地摇响，朵朵的春云跳过来推着他们的肩背，望着最光明的来处翩翩的，冉冉的，轻烟似的化出了你的视域，像云雀似的只留下一泻光明的骤雨——*Thou art unseen, but yet I hear the shrill delight*——那你，独自在泥涂里淹着，够多难受，够多懊恼，够多寒碜！趁早留神你的翅膀，朋友。

是人没有不想飞的。老是在这地面上爬着够多厌烦，不说别的。飞出这圈子，飞出这圈子！到云端里去，到云端里去！哪个心里不成天千百遍地这么想！飞上天空去浮着，看地球这弹丸在太空里滚着，从陆地看到海，从海再看回陆地。凌空去看一个明白——这才是做人的趣味，做人的权威,做人的交代。这皮囊要是太重挪不动,就掷了它,可能的话，飞出这圈子，飞出这圈子!

人类初发明用石器的时候，已经想长翅膀，想飞。原人洞壁上画的四不像，它的背上掮着翅膀；拿着弓箭赶野兽的，他那肩背上也给安了翅膀。小爱神是有一对粉嫩的肉翅的。挨开拉斯（Icarus）[1]是人类飞行史里第一个英雄，第一次牺牲，安琪儿（那是理想化的人）第一个标记是帮助他们飞行的翅膀。那也有沿革——你看西洋画上的表现。最初像是一对小精致的令旗，蝴蝶似的粘在安琪儿们的背上，像真的，不灵动的。渐渐地翅膀长大了，地位安准了，毛羽丰满了。画图上的天使们长上了真的可能的翅膀。人类初次实现了翅膀的观念，彻悟了飞行的意义。挨开拉斯闪不死的灵魂，回来投生又投生。人类最大的使命，是制造翅膀；最大的成功是飞！理想的极度，想象的止境，从人到神！诗是翅膀上出世的，哲理是在空中盘旋的。飞：

---

① 今译伊卡洛斯。

超脱一切，笼盖一切，扫荡一切，吞吐一切。

你上那边山峰顶上试去，要是渡不到这边山峰上，你就得到这万丈的深渊里去找你的葬身之地！“这人形的鸟会有一天试他第一次的飞行，给这世界惊骇，使所有的著作赞美，给他所从来的栖息处永久的光荣。”啊达文謇！

但是飞？自从挨开拉斯以来，人类的工作是制造翅膀，还是束缚翅膀？这翅膀，承上了文明的重量，还能飞吗？都是飞了来的，还都能飞了去吗？钳住了，烙住了，压住了——这人形的鸟会有试他第一次飞行的一天吗？……

同时天上那一点子黑的已经迫近在我头顶，形成了一架鸟形的机器，忽的机沿一侧，一球光直往下注，砰的一声炸响——炸碎了我在飞行中的幻想，青天里平添了几堆破碎的浮云。

十四—十六日

“迎上前去”

这回我不撒谎，不打隐谜，不唱反调，不来烘托；我要说几句至少我自己信得过的话，我要痛快地招认我自己的虚实，我愿意把我的花押画在这张供状的末尾。

我要求你们大量的容许，准我在我第一天接手《晨报·副刊》的时候，介绍我自己，解释我自己，鼓励我自己。

我相信真的理想主义者是受得住眼看他往常保持着的理想煨成灰，碎成断片，烂成泥，在这灰这断片这泥的底里，他再来发现他更伟大更光明的理想。我就是这样的一个。

只有信生病是荣耀的人们才来不知耻地高声嚷痛，这时候他听着有脚步声，他以为有帮助他的人向着他来，谁知是他自己的灵性离了他去！真有志气的病人，在不能自己豁脱苦痛的时候，宁可死休，不来忍受医药与慈善的侮辱。我又是这样的一个。

我们在这生命里到处碰头失望，连续遭逢“幻灭”，头顶只见乌云，地下满是黑影；同时我们的年岁，病痛，工作，习惯，恶狠狠地压上我们的肩背，一天重似一天，在无形中嘲讽地呼喝着，“倒，倒，你这不量力的蠢材！”因此你看这满路的倒尸，有全死的，有半死的，有爬着挣扎的，有默无声息的……嘿！生命这十字架，有几个人扛得起来？

但生命还不是顶重的负担，比生命更重实更压得死人的是思想那十字架。人类心灵的历史里能有几个天成的孟贲乌育[①]？在思想可怕的战场上我们就只有数得清有限的几具光荣的尸体。我不敢非分地自夸；我不够狂，不够妄。我认识我自己力量的止境，但我却不能制止我看了这时候国内思想界萎瘪现象的愤懑与羞恶。我要一把抓住这时代的脑袋，问它要一点真思想的精神给我看着——不是借来的税来的冒来的描来的东西，不是纸糊的老虎，摇头的傀儡，蜘蛛网幕面的偶像；我要的是筋骨里迸出来，血液里

① 孟贲，战国时期著名勇士；乌获，战国时期大力士；夏育，周朝时期大力士。

激出来，性灵里跳出来，生命里震荡出来的真纯的思想。我不来问他要，是我的懦怯；他拿不出来给我看，是他的耻辱。朋友，我要你选定一边，假如你不能站在我的对面，拿出我要的东西来给我看，你就得站在我这一边，帮着我对这时代挑战。

我预料有人笑骂我的大话。是的，大话。我正嫌这年头的话太小了，我们是得造一个比小更小的字来形容这年头听着的说话，写下印成的文字；我们得请一个想象力细致如史魏夫脱（Dean Swift）的来描写那些说小话的小口，说尖话的尖嘴。一大群的食蚁兽！他们最大的快乐是忙着他们的尖喙在泥土里垦寻细微的蚂蚁。蚂蚁是吃不完的，同时这可笑的尖嘴却益发不住地向尖的方向进化，小心再隔几代连蚂蚁这食料都显太大了！

我不来谈学问，我不配，我书本的知识是真的十二分的有限。年轻的时候我念过几本极普通的中国书，这几年不但没有知新，温故都说不上，我实在是固陋，但却抱定孔子的一句话"知之为知之，不知为不知，是知也"，决不来强不知为知；我并不看不起国学与研究国学的学者，我十二分尊敬他们，只是这部分的工我只能艳羡地看他们去做，我自己恐怕不但今天，竟许这辈子都没希望参加的了。外国书呢？看过的书虽则有几本，但是真说得上“我看过的”能有多少，说多一点，三两篇戏，十来首诗，五六篇文章，不过这样了吧。

科学我是不懂的，我不曾受过正式的训练，最简单的物理化学，都说不明白，我要是不预备就去考中学校，十分里有九分是落第，你信不信！天上我只认识几颗大星，地上几棵大树；这也不是先生教我的；从先生那里学来的，十几年学校教育给我的究竟有些什么，我实在想不起，说不上，我记得的只是几个教授可笑的嘴脸与课堂里强烈的催眠的空气。

我人事的经验与知识也是同样的有限，我不曾做过工；我不曾尝味过生活的艰难，不曾打过仗，不曾坐过监，不曾进过什么秘密党，不曾杀过人，不曾做过买卖，发过一个大的财。

所以你看，我只是个极平常的人，没有出人头地的学问，更没有非常的经验。但同时我自信我也有我与人不同的地方。我不曾投降这世界，我不受它的拘束。

我是一只没笼头的野马，我从来不曾站定过。我人是在这社会里活着，我却不是这社会里的一个，像是有离魂病似的，我这躯壳的动静是一件事，我那梦魂的去处又是一件事。我是一个傻子，我曾经妄想在这流动的生活里发现一些不变的价值，在这打谎的世上寻出一些不磨灭的真，在我这灵魂的冒险是生命核心里的意义；我永远在无形的经验的巉岩上爬着。

冒险　痛苦　失败　失望，是跟着来的，存心冒险的人就得打算他最后的失望；但失望却不是绝望，这分别很大。我是曾经遭受失望的打击，我的头是流着血，但我的脖子还是硬的；我不能让绝望的重量压住我的呼吸，不能让悲观的慢性病侵蚀我的精神，更不能让厌世的恶质染黑我的血液。厌世观与生命是不可并存的；我是一个生命的信徒，起初是的，今天还是，将来我敢说也是。我决不容忍性灵的颓唐，那是最不可救药的堕落，同时却继续躯壳的存在；在我，单这开口说话、提笔写字的事实，就表示后背有一个基本信仰，完全的没破绽的信仰；否则我何必再做什么文章，办什么报刊？

但这并不是说我不感受人生遭遇的痛创；我决不是那童呆性的乐观主义者；我决不来指着黑影说这是阳光，指着云雾说这是青天，指着分明的恶说这是善；我并不否认黑影、云雾与恶，我只是不怀疑阳光与青天与善的实在；暂时的掩蔽与侵蚀不能使我们绝望，这正应得加倍地激动我们寻求光明的决心。前几天我觉着异常懊丧的时候无意中翻着尼采的一句话，极简单的几个字即涵有无穷的意义与强悍的力量，正如天上星斗的纵横与山川的经纬，在无声中暗示你人生的奥义，祛除你的迷惘，照亮你的思路，他说“受苦人没有悲观的权利”（*The sufferer has no right to pessimism*），我那时感觉一种异样的惊心，一种异样的彻悟——

我不辞痛苦，因为我要认识你，上帝；
我甘心，甘心在火焰里存身，
到最后那时辰见我的真，
见我的真，我定了主意，上帝，再不迟疑！

所以我这次从南边回来，决意改变我对人生的态度，我写信给朋友说这来要来认真做一点“人的事业”了——

我再不想成仙，蓬莱不是我的分；

我只要这地面，情愿安分地做人。

在我这“决心做人，决心做一点认真的事业”，是一个思想的大转变；因为先前我对这人生只是不调和不承认的态度，因此我与这现世界并没有什么相互的关系，我是我，它是它，它不能责备我，我也不来批评它，但是这来我决心做人的宣言却把我放进了一个有关系、负责任的地位，我再不能张着眼睛做梦，从今起得把现实当现实看：我要来察看，我要来检查，我要来清除，我要来颠扑，我要来挑战，我要来破坏。

人生到底是什么？我得先对我自己给一个相当的答案。人生究竟是什么？为什么这形形色色的、纷扰不清的现象——宗教、政治、社会、道德、艺术、男女、经济？我来是来了，可还是一肚子的不明白，我得慢慢地看古玩似的，一件件拿在手里看一个清切再来说话，我不敢保证我的话一定在行，我敢担保的只是我自己思想的忠实；我前面说过我的学识是极浅陋的，但我却并不因此自馁，有时学问是一种束缚，知识是一层障碍，我只要能信得过我能看的眼，能感受的心，我就有我的话说；至于我说的话有没有人听，有没有人懂，那是另外一件事，我管不着了——“有的人身死了才出世的”，谁知道一个人有没有真的出世那一天？

是的，我从今起要迎上前去！生命第一个消息是活动，第二个消息是搏斗，第三个消息是决定；思想也是的，活动的下文就是搏斗。搏斗就包含一个搏斗的对象，许是人，许是问题，许是现象，许是思想本体。一个武士最大的期望是寻着一个相当的敌手。思想家也是的，他也要一个可以较量他充分的力量的对象。“攻击是我的本性”，一个哲学家说，“要与你的对手相当——这是一个正直的决斗的第一个条件。你心存鄙夷的时候你不能斗。你占上风，你认定对手无能的时候你不应当搏斗。我的战略可以约成四个原则：第一，我专打正占胜利的对象——在必要时我暂缓我的攻击，等他胜利了再开手；第二，我专打没有人打的对象，我这边不会有助手，我单独地站定一边——在这搏斗中我难为的只是我自己；第三，我永远不来对人的攻击——在必要时我只拿一个人格当显微镜用，借它来显出某种普遍的，但却隐遁不易踪迹的恶性；第四，我攻击某事物的动机，不包含私人嫌隙的关系，在我攻击是一个善意的，而且在某种情况下，感恩的凭证。”

这位哲学家的战略，我现在僭引作我自己的战略，我盼望我将不至于在搏斗的沉酣中忽略了预定的规律，万一疏忽时我恳求你们随时提醒。我现在戴我的手套去！

北戴河海滨的幻想

他们都到海边去了。我为左眼发炎不曾去。我独坐在前廊，偎坐在一张安适的大椅内，袒着胸怀，赤着脚，一头的散发，不时的有风来撩拂。清晨的晴爽，不曾消醒我初起时睡态；但梦思却半被晓风吹断。我阖紧眼帘内视，只见一斑斑消残的颜色，一似晚霞的余赭，留恋地胶附在天边。廊前的马樱、紫荆、藤萝，青翠的叶与鲜红的花，都将它们的妙影映印在水汀上，幻出幽媚的情态无数；我的臂上与胸前，亦满缀了绿荫的斜纹。从树荫的间隙平望，正见海湾；海波亦似被晨曦唤醒，黄蓝相间的波光，在欣然地舞蹈。滩边不时见白涛涌起，迸射着雪样的水花。浴线内点点的小舟与浴客，小禽似的浮着；幼童的欢叫，与水波拍岸声，与潜涛呜咽声，相间地起伏，竞报一滩的生趣与乐意。但我独坐在廊前，却只是静静的，静静的无甚声响。妩媚的马樱，只是幽幽地微碾着，蝇虫也敛翅不飞。只有远近树里的秋蝉在纺纱似的垂引它们不尽的长吟。

在这不尽的长吟中，我独坐在冥想。难得是寂寞的环境，难得是静定的意境；寂寞中有不可言传的和谐，静默中有无限的创造。我的心灵，比如海滨，生平初度的怒潮，已经渐次地消失，只剩有疏松的海沙中偶尔的回响，更有残缺的贝壳，反映星月的辉芒。此时摸索潮余的斑痕，追想当时汹涌的情景，是梦或是真，再亦不须辨问。只此眉梢的轻皱，唇边的微哂，已足解释无穷奥绪，深深地蕴伏在灵魂的微纤之中。

青年永远趋向反叛，爱好冒险；永远如初度航海者，幻想黄金机缘于浩渺的烟波之外；想割断系岸的缆绳，扯起风帆，欣欣地投入无垠的怀抱。他厌恶的是平安，自喜的是放纵与豪迈。无颜色的生涯，是他目中的荆棘；绝海与巇，是他爱取由的途径。他爱折玫瑰，为它的色香，亦为它冷酷的刺毒。他爱搏狂澜，为他的庄严与伟大，亦为他吞噬一切的天才，最是激发他探险与好奇的动机。他崇拜冲动：不可测，不可节，不可预逆，起、动、消歇皆在无形中，狂飙似的倏忽与猛烈与神秘。他崇拜斗争：从斗争中求剧烈的生命之意义，从斗争中求绝对的实在，在血染的战阵中，呼叫胜利之狂欢或唱败丧的哀曲。

幻象消灭是人生里命定的悲剧；青年的幻灭，更是悲剧中的悲剧，夜一般的沉黑，死一般的凶恶，纯粹的，猖狂的热情之火，不同阿拉丁的神灯，只能放射一时的异彩，不能永久地朗照；转瞬间，或许，便已敛熄了最后的焰舌，只留存有限的余烬与残灰，在未灭的余温里自伤与自慰。

流水之光，星之光，露珠之光，电之光，在青年的妙目中闪耀，我们不能不惊讶造化者艺术之神奇；然可怖的黑影，倦与衰与饱餍的黑影，同时亦紧紧地跟着时日进行，仿佛是烦恼，痛苦，失败，或庸俗的尾曳，亦在转瞬间，彗星似的扫灭了我们最自傲的神辉——流水涸，明星没，露珠散灭，电闪不再！

在这艳丽的日辉中，只见愉悦与欢舞与生趣，希望，闪烁的希望，在荡漾，在无穷的碧空中，在绿荫的光泽里，在虫鸟的歌吟中，在青草的摇曳中——夏之荣华，春之成功。春光与希望，是长驻的；自然与人生，是调谐的。

在远处有福的山谷内，莲馨花在坡前微笑，稚羊在乱石间跳跃，牧童们，有的吹着芦笛，有的平卧在草地上，仰看幻想浮游的白云，放射下的青影在初黄的稻田中缥缈地移过。在远处安乐的村中，有妙龄的村姑，在流涧边照映她自制的春裙；日衔烟斗的农夫三四，在预度秋收的丰盈，老妇人们坐在家门外阳光中取暖，她们的周围有不少的儿童，手擎着黄白的钱花在环舞与欢呼。

在远——远处的人间，有无限的平安与快乐，无限的春光……

在此暂时可以忘却无数的落蕊与残红；亦可以忘却花荫中掉下的枯叶，私语地预告三秋的情意；亦可以忘却苦恼的僵瘪的人间，阳光与雨露的殷勤，不能再恢复他们腮颊上生命的微笑，亦可以忘却纷争的互杀的人间，阳光与雨露的仁慈，不能感化他们凶恶的兽性；亦可以忘却庸俗的卑俗的人间，行云与朝露的丰姿，不能引逗他们刹那间的凝视；亦可以忘却自觉的失望的人间，绚烂的春时与媚草，只能反激他们悲伤的意绪。

我亦可以暂时忘却我自身的种种，忘却我童年时期清风白水似的天真；忘却我少年期种种虚荣的希冀；忘却我渐次的生命的觉悟；忘却我热烈的理想的寻求；忘却我心灵中乐观与悲观的斗争；忘却我攀登文艺高峰的艰辛；忘却刹那的启示彻悟之神奇；忘却我生命潮流之骤转；忘却我陷落在危险的旋涡中之幸与不幸；忘却我追忆不完全的梦境；忘却我大海底里埋着的秘密；忘却曾经刳割我灵魂的利刃，炮烙我灵魂的烈焰，摧毁我灵魂的狂飙与暴雨；忘却我的深刻的怨与艾；忘却我的冀与愿；忘却我的恩泽与惠感；忘却我的过去与现在……

过去的实在，渐渐地膨胀，渐渐地模糊，渐渐地不可辨认；现在的实在，渐渐地收缩，逼成了意识的一线，细极狭极的一线，又裂成了无数不相连续的黑点……黑点亦渐次地隐翳？幻术似的灭了，灭了，一个可怕的黑暗的空虚……

哀思辑

悼沈叔薇

沈叔薇是我的一个表兄,从小同学,高小中学(杭州一中)都是同班毕业的,他是今年九月死的。

叔薇,你竟然死了,我常常地想着你,你是我一生最密切的一个人,你的死是我的一个不可补偿的损失。我每次想到生与死的究竟时,我不定觉得生是可欲,死是可悲,我自己的经验与默察只使我相信生的底质是苦不是乐,是悲哀不是幸福,是泪不是笑,是拘束不是自由。因此从生入死,在我有时看来,只是解化了实体的存在,脱离了现象的世界,你原来能辨别苦乐,忍受折磨的性灵,在这最后的呼吸离窍的俄顷,又投入了一种异样的冒险,我们不能轻易地断定那一边没有阳光与人情的温慰,亦不能设想苦痛的灭绝。但生死间终究有一个不可掩讳的分别,不论你怎样的看法。出世是一件大事，死亡亦是一件大事，一个婴儿出母胎时他便与这生的世界开始了关系，这关系却不能随着他去后的躯壳埋掩，这一生与一死，不论相间的距离怎样的短，不论他生时的世界怎样的仄——这一生死便是一个不可销毁的事实：比如海水多受一次潮涨海滩便多受一次泛滥，我们全体的生命的沙滩里，我想，也存记着最微小的波动与影响……

而况我们人又是有感情的动物。在你活着的时候，我可以携着你的手，谈我们的话，笑我们的笑，一同在野外仰望天上的繁星，或是共感秋风与落叶的悲凉……叔薇，你这几年虽则与我不易相见，虽则彼此处世的态度更不如童年时的一致，但我知道，我相信在你的心里还留着一部分给我的情意，因为你也在我的胸中永占着相当的关切。我忘不了你，你也忘不了我。每次我回家乡时，我往往在不曾解卸行装前已经亟亟地寻求，欣欣地重温你的伴侣。但如今在你我间的距离，不再是可以度量的里程，却是一切距离中最辽远的一种距离——生与死的距离。我下次重归乡土，再没有机会与你携手谈笑，再不能与你相与恣纵早年的狂态，我再到你们家去，至多只能抚摩你的寂寞的灵帏，仰望你的惨淡的遗容，或是手拿一把鲜花到你的坟前凭吊！

叔薇，我今晚在北京的寓里，在一个冷静的秋夜，倾听着风吹落叶的秋声，咀嚼着为你兴起的哀思，这几行文字，虽则是随意写下，不成章节，但在这抒写自来情感的俄顷，我仿佛又一度接近了你生前温驯的、谐趣的人格，仿佛又见着了你瘦脸上的枯涩的微笑——比在生前更谐和的更密切的接近。

我没有多少话对你说，叔薇，你得宽恕我；当你在世时我们亦很少相互倾吐的机会。你去世的那一天我来看你，那时你的头上，你的眉目间，已经刻画着死的晦色，我叫了你一声叔薇，你也从枕上侧面来回叫我一声志摩，那便是我们在永别前最后的缘分！我永远忘不了那时病榻前的情景！

我前面说生命不定是可喜，死亦不定可畏。叔薇，你的一生尤其不曾尝味过生命里可能的乐趣，虽则你是天生的达观，从不曾羡虚荣的人间；你如其继续地活着，支撑着你的多病的筋骨，委蛇你无多沾恋的家庭，我敢说这样的生倒不如撒手去了的干净！况且你生前至爱的骨肉，亦久已不在人间，你的生身的爹娘，你的过继的爹娘（我的姑母），你的姊妹——可怜娟姊，我始终不曾一度凭吊——还有你的爱妻，他们都在坟墓的那一边满开着他们天伦的怀抱，守候着他们最爱的“老五”，共享永久的安闲……

十一月一日早三时你的表弟志摩

我的彼得

新近有一天晚上，我在一个地方听音乐，一个不相识的小孩，约莫八九岁光景，过来坐在我的身边，他说的话我不懂，我也不易使他懂我的话，那可并不妨事，因为在几分钟内我们已经是很好的朋友，他拉着我的手，我拉着他的手，一同听台上的音乐。他年纪虽则小，他音乐的兴趣已经很深：他比着手势告我他也有一张提琴，他会拉，并且说哪几个是他已经学会的调子，他那资质的敏慧，性情的柔和，体态的秀美，不能使人不爱；而况我本来是喜欢小孩们的。

但那晚虽则结识了一个可爱的小友，我心里却并不快爽；因为不仅见着他使我想起你，我的小彼得，并且在他活泼的神情里我想见了你，彼得，假如你长大的话，与他同年龄的影子。你在时，与他一样，也是爱音乐的；虽则你回去的时候刚满三岁，你爱好音乐的故事，从你襁褓时起，我屡次听你妈与你的“大大”讲，不但是十分的有趣可爱，竟可说是你有天赋的凭证，在你最初开口学话的日子，你妈已经写信给我，说你听着了音乐便异常的快活，说你在坐车里常常伸出你的小手在车栏上跟着音乐按拍；你稍大些会懂得淘气的时候，你妈说，只要把话匣[①]开上，你便在旁边乖乖地坐着静听，再也不出声不闹——并且你有的是可惊的口味，是贝多芬是槐格纳[②]你就爱，要是中国的戏片，你便盖没了你的小耳，决意不让无意味的锣鼓，打搅你的清听！你的大大（她多疼你）！讲给我听你得小提琴的故事：怎样那晚上买琴来的时候，你已经在你的小床上睡好，怎样她们为怕你起来闹赶快灭了灯亮把琴放在你的床边。怎样你这小机灵早已看见，却偏不作声，等你妈与大大都上了床，你才偷偷地爬起来摸着了你的宝贝，再也忍不住你的技痒，站在漆黑的床边，就开始你“截桑柴”的本领；后来她怎样干涉了你，你便乖乖地把琴抱进你的

① 收音机的旧称。
② Wagner，今译瓦格纳，音乐家。

床去，一起安眠。她们又讲你怎样欢喜拿着一根短棍站在桌上模仿音乐会的导师，你那认真的神情常常叫在座的人大笑。此外还有不少趣话，大大记得最清楚，她都讲给我听过；但这几件故事已够见证你小小的灵性里早长着音乐的慧根。实际我与你妈早经同意想叫你长大时留在德国学习音乐——谁知道在你的早殇里我们失去了一个可能的莫察特（Mozart）[1]。在中国音乐最饥荒的日子，难得见这一点希冀的青芽，又教命运无情的脚跟踏倒，想起怎不可伤？

彼得，可爱的小彼得，我"算是"你的父亲，但想起我做父亲的往迹，我心头便涌起了不少的感想；我的话你是永远听不着了，但我想借这悼念你的机会，稍稍疏泄我的积愫，在这不自然的世界上，与我境遇相似或更不如的当不在少数，因此我想说的话或许还有人听，竟许有人同情。就是你妈，彼得，她也何尝有一天接近过快乐与幸福，但她在她同样不幸的境遇中证明她的智断，她的忍耐，尤其是她的勇敢与胆量；所以至少她，我敢相信，可以懂得

① 今译莫扎特。

我话里意味的深浅，也只有她，我敢说，最有资格指证或相诠释，在她有机会时，我的情感的真际。

但我的情愫！是怨，是恨，是忏悔，是怅惘？对着这不完全、不如意的人生，谁没有怨，谁没有恨，谁没有怅惘？除了天生颟顸的，谁不曾在他生命的经途中——歌德说的——和着悲哀吞他的饭，谁不曾拥着半夜的孤衾饮泣？我们应得感谢上苍的是他不可度量的心裁，不但在生物的境界中他创造了不可计数的种类，就这悲哀的人生也是因人差异，各个不同——同是一个碎心，却没有同样的碎痕，同是一滴眼泪，却难寻同样的泪晶。

彼得我爱，我说过我是你的父亲，但我最后见你的时候你才不满四月，这次我再来欧洲你已经早一个星期回去，我见着的只你的遗像，那太可爱，与你一撮的遗灰，那太可惨。你生前日常把弄的玩具——小车、小马、小鹅、小琴、小书——你妈曾经件件地指给我看，你在时穿着的衣、袜、鞋、帽，你妈与你大大也曾含着眼泪从箱里理出来给我抚摩，同时她们讲你生前的故事，直到你的影像活现在我的眼前，你的脚踪仿佛在楼板上蹦响。你是不认识你父亲的，彼得，虽则我听说他的名字常在你的口边，他的肖像也常受你小口的亲吻，多谢你妈与你大大的慈爱与真挚，她们不仅永远把你放在她们心坎的底里，她们也使我，没福见着你的父亲，道你，认识你，爱你，也把你的影像，活泼，美慧可爱，永远镂上了我的心版。那天在柏林的会馆里，我手捧着那收存你遗灰的锡瓶，你妈与你七舅站在旁边又止不住滴泪，你的大大哽咽着，把一个小花圈挂上你的门前——那时候我，你的父亲，觉着心里有一个尖锐的刺痛，这才初次明白曾经有一点血肉从我自己的生命里分出，这才觉着父性的爱像泉眼似的在性灵里汩汩地流出；只可惜是迟了，这慈爱的甘液不能救活已经萎折了的鲜花，只能在他纪念日的周遭永远无声地流转。

彼得，我说我要借这机会稍稍爬梳我年来的郁积，但那也不见得容易；要说的话仿佛就在口边。但你要它们的时候，它们又不在口边。像是长在大块岩石底下的嫩草，你得有力量翻起那岩石才能把它不伤损地连根起出——谁知道那根长得多深！是恨，是怨，是忏悔，是怅惘？许是恨，许是怨，许是忏悔，许是怅惘。荆棘刺入了行路人的胫踝，他才知道这路的难走；但为什么有荆棘？是它们自己长着，还是有人存心种着的？也许是你自己种下的？至少你不能完全抱怨荆棘。一则：因为这道是你自愿才来走的；再则因为那刺伤是你自己的脚踏上了荆棘的结果，不是荆棘自动来刺你——但谁又知道？因此我有时想，彼得，像你倒真是聪明：你来时是一团活泼，光亮的天真，你去时也还是一个光亮、活泼的灵魂；你来人间真像是短期的做客，你知道的是慈母的爱，阳光的和暖与花草的美丽，你离开了妈的怀抱，你回到了天父的怀抱，我想他听你欣欣地回报这番做客——只尝甜浆，不吞苦水——的经验，他上年纪的脸上一定满布着笑容——你的小脚踝上不曾碰着过无情的荆棘，你穿来的白衣不曾沾着一斑的泥污。

但我们，比你住久的，彼得，却不是来做客；我们是遭放逐，无形的解差永远在后背催逼着我们赶道，为什么受罪，前途是哪里，我们始终不曾明白，我们明白的只是底下流血的胫踝，只是这无恩的长路，这时候想回头已经太迟，想中止也不可能，我们真的羡慕，彼得，像你那谪期的简净。

在这道上遭受的，彼得，还不止是难，不止是苦，最难堪的是逐步相追的嘲讽，身影似的不可解脱。我既是你的父亲，彼得，比方说，为什么我不能在你的生前，日子虽短，给你应得的慈爱，为什么要到这时候，你已经去了不再回来，我才觉着骨肉的关联，并且假如我这番不到欧洲，假如我在万里外接到你的死耗，我怕我只能看作水面上的云影，来时自来，去时去；正如你生前我不知欣喜，你在时我不知爱惜，你去时也不能过分动我的情感，我自分不是无情，不是寡恩，为什么我对自身的血肉，反是这般不近情的冷漠？彼得，我问为什么，这问的后身便是无限的隐痛；我不能怨，我不能恨，更无从悔。我只是怅惘，我只能问！明知是自苦的揶揄，但我只能忍受。而况揶揄还不止此，我自身的父母，何尝不赤心地爱我；但他们的爱却正是造成我痛苦的原因。我自己何尝不笃爱我的双亲，但我不仅不能尽我的责任，不仅不曾给他们想望的快乐，我，他们的独子，也不免加添他们的烦愁，造作他们的痛苦，这又是为什么？在这里，我也是一般的不能恨，不能怨，更无从悔，我只是怅惘——我只能问，昨天我是个孩子，今天已是壮年；昨天腮边还带着圆润的笑涡，今天头上已见星星的白发；光阴带走的往迹，再也不容追赎，留下在我们心头的只是些挪揄的鬼影；我们在这道上偶尔停步回想的时候，只能投一个虚圈的“假使当初”，解嘲以往的一切。但以往的教训，即使有，也不能给我们利益，因为前途还是不减启程时的渺茫，我们还是不能选择自由的途径——到那天我们无形的解差喝住的时候，我们唯一的权利，我猜想，也只是再丢一个虚圈更大的“假使”，圆满这全程的寂寞，那就是止境了。

我的祖母之死

一

一个单纯的孩子，
过他快活的时光，
兴匆匆的，活泼泼的，
何尝识别生存与死亡？

这四行诗是英国诗人华茨华斯（William Wordsworth）[①]一首有名的小诗叫作《我们是七人》（*We are Seven*）的开端，也就是他的全诗的主意。这位爱自然、爱儿童的诗人，有一次碰着一个八岁的小女孩，发卷蓬松的可爱，他问她

① 今译华兹华斯。

兄弟姊妹共有几人，她说我们是七个，两个在城里，两个在外国，还有一个姊妹一个哥哥，在她家里附近教堂的墓园里埋着。但她小孩的心理，却不分清生与死的界限，她每晚携着她的干点心与小盘皿，到那墓园的草地里，独自地吃，独自地唱，唱给她的在土堆里眠着的兄姊听，虽则他们静悄悄的莫有回响，她烂漫的童心却不曾感到生死间有不可思议的阻隔；所以任凭华翁多方地譬解，她只是睁着一双灵动的小眼，回答说：

“可是，先生，我们还是七人。”

二

其实华翁自己的童真，也不让那小女孩的完全，他曾经说：“在孩童时期，我不能相信我自己有一天也会得悄悄地躺在坟里，我的骸骨会变成尘土。”又一次他对人说：“我做孩子时最想不通的，是死这回事将来也会得轮到我自己身上。”

孩子们天生是好奇的，他们要知道猫儿为什么要吃耗子，小弟弟从哪里变出来的，或是究竟先有鸡还是先有鸡蛋；但人生最重大的变端——死的现象与实在，他们也只能含糊地看过，我们不能期望一个个小孩子们都是搔头穷思的丹麦王子。他们临到丧故，往往跟着大人啼哭；但他只要眼泪一干，就会到院子里踢毽子、赶蝴蝶，即使在屋子里长眠不醒了的是他们的亲爹或亲娘、大哥或小妹，我们也不能盼望悼死的悲哀可以完全翳蚀了他们稚羊小狗似的欢欣。你如其对孩子说，你妈死了，你知道不知道——他十次里有九次只是对着你发呆；但他等到要妈叫妈，妈偏不应的时候，他的嫩颊上就会有热泪流下。但小孩天然的一种表情，往往可以给人们最深的感动，我生平最忘不了的一次电影，就是描写一个小孩爱恋已死母亲的种种天真的情景。她在园里看种花，园丁告诉她这花在泥里，浇下水去，就会长大起来。那天晚上天下大雨，她睡在床上，被雨声惊醒了，忽然想起园丁的话，她的小脑筋里就发生了绝妙的主意。她偷偷地爬出了床，走下楼梯，到书房里去拿下桌上供着的她死母的照片，一把揣在怀里，也不顾倾倒着的大雨，一直走到园里，在地上用园丁的小锄掘松了泥土，把她怀里的亲妈，谨慎地取出来，栽在泥里，把松泥掩护着；她做完了工就蹲在那里守候——一个三四岁的女孩，穿着白色的睡衣，在深夜的暴雨里，蹲在露天的地上，专心笃意地盼望已经死去的亲娘，像花草一般，从泥土里发长出来！

三

我初次遭逢亲属的大故，是二十年前我祖父的死，那时我还不满六岁，那是我生平第一次可怕的经验，但我追想当时的心理，我对于死的见解也不见得比华翁的那位小姑娘高明。我记得那天夜里，家里人吩咐祖父病重，他们今夜不睡了，但叫我和我的姊妹先上楼睡去，回头要我们时他们会来叫的。我们就上楼去睡了，底下就是祖父的卧房，我那时也不十分明白，只知道今夜一定有很怕的事，有火烧、强盗抢、做怕梦一样的可怕。我也不十分睡着，只听得楼下的急步声，碗碟声，唤婢仆声，隐隐的哭泣声，不息的响音。过了半夜，他们上来把我从睡梦里抱了下去，我醒过来只听得一片的哭声，他们已经把长条香点起来，一屋子烟，一屋子的人，围在床前，哭的哭，喊的喊，我也挨了过去，在人丛里偷看大床里的好祖父。忽然听说醒了，醒了，哭喊声也歇了，我看见父亲爬在床里，把病父抱持在怀里，祖父倚在他的身上，双眼紧闭着，口里衔着一块黑色的药物，他说话了，很清的声音，虽则我不曾听明他说的什么话，后来知道他经过了一阵昏晕，他又醒了过来对家人说："你们吃吓了，这只算是小死。"他接着又说了好几句话。随讲音随低，呼气随微，去了，再不醒了，但我却不曾亲见最后的弥留，也许是我记不起，总之我那时早已跪在地板上，手里擎着香，跟着大众高声地哭喊了。

四

此后我在亲戚家收殓虽则看得不少，但死的实在的状况却不曾见过。我们念书人的幻想力是比较的丰富，但往往因为有了幻想力就不管生命现象的实在，结果是书呆子，陆放翁说"百无一用是书生"。人生范围是无穷的，我们少年时精力充足什么都不怕尝试，只愁没有出奇的事情做，往往抱怨这宇宙太窄，青天太低，大鹏似的翅膀飞不痛快，但是……但是平心地说，且不论奇的，怪的，特别的，离奇的，我们姑且试问人生里最基本的事实，最单纯的，最普遍的，最平庸的，最近人情的经验，我们究竟能有多少的把握，我们能有多少深彻的了解，我们是否都亲身经历过？譬如说：生产，恋爱，痛苦，悲，死，妒，恨，快乐，真疲倦，真饥饿，渴——毒焰似的渴，真的幸福，冻的刑罚，忏悔，种种的情热。我可以说，我们平常人生观、人类、人道、人情、真理、哲理、本能等等名词不离口吻的念书人们，什么文学家，什么哲学家——关于真正人生基本的事实的实在，知道的——恐怕是极微至鲜，即使不等于圆圈。我有一个朋友，他和他夫人的感情极厚，一次他夫人临到难产，因为在外国，所以进医院什么都得他自己照料，最后医生宣言只有用手术一法，但性命不能担保，他没有法子，只好和他半死的夫人诀别（解剖时亲属不准在旁的）。满心毒魔似的难受，他出了医院，走在道上，走上桥上，像得了离魂病似的，心脉舂臼似的跳着，最后他听着了教堂和缓的钟声，他就不自主地跟着钟声，进了教堂，跟着在做礼拜的跪着、祷告、忏悔、祈求、唱诗、流泪（他并不是信教的人），他这样的挨过时刻，后来回转医院时，一步步都是惨酷的磨难，比上行刑场的犯人，加倍的难受，他怕见医生与护士，仿佛他的命运是在他们手掌里握着，事后他对人说："我这才知道了人生一点子的意味！"

五

所以不曾经历过精神或心灵的大变的人们，只是在生命的户外徘徊，也许偶尔猜想到几分墙内的动静，但总是浮的浅的，不切实的，甚至完全是隔膜的。人生也许是个空虚的幻梦，但在这幻象中，生与死，恋爱与痛苦，毕竟是陡起的奇峰，应得激动我们彷徨者的注意，在此中也许有可以感悟到些幻里的真、虚中的实，这浮动的水泡不曾破裂以前，也应得饱吸自由的日光，反射几丝颜色！

我是一只不羁的野驹，我往往纵容想象的猖狂，诡辩人生的现实；比如凭借凹折的玻璃，觉察当前景色。但时而复再，我也能从烦嚣的杂响中听出清新的乐调，在炫耀的杂彩里，看出有条理的意匠。这次祖母的大故，老家庭的生活，给我不少静定的时刻，不少深刻的反省。我不敢说我因此感悟了部分的真理，或是取得了若干的智慧；我只能说我因此与实际生活更深了一层的接触，益发激动我对于人生种种好奇的探讨，益发使我惊讶这迷谜的玄妙，不但死是神奇的现象，不但生命与呼吸是神奇的现象，就连日常的生活与习惯与迷信，也好像放射着异样的光闪，不容我们擅用一两个形容词来概状，更不容我们倡言什么主义来抹杀——一个革新者的热心，碰着了实在的寒冰！

六

我在我的日记里翻出一封不曾写完不曾付寄的信，是我祖母死后第二天的早上写的。我那时在极强烈的极鲜明的时刻内很想把那几日经过的感想与疑问，痛快地写给一个同情的好友，使他在数千里外也能分尝我强烈的鲜明的感情。那位同情的好友我选中了通伯，但那封信却只起了一个呆重的头，一为丧中忙，二为我那时眼热不耐用心，始终不曾写就，一直挨到现在再想补写，恐怕强烈已经变弱，鲜明已经透暗，逃亡的囚逋，不易追获的了。我现在把那封残信录在这里，再来追摹当时的情景。

通伯：

我的祖母死了！从昨夜十时半起，直到现在，满屋子只是号啕呼抢的悲音，与和尚、道士、女僧的礼忏鼓磬声。二十年前祖父丧时的情景，如今又在眼前了。忘不了的情景！你愿否听我讲些？

我一路回家，怕的是也许已经见不到老人，但老人却在生死的交关仿佛存心地弥留着，等待她最钟爱的孙儿——即不能与他开言诀别，也使他尚能把握她依然温暖的手掌，抚摩她依然跳动着的胸怀，凝视她依然能自开自阖虽则不再能表情的目睛。她的病是脑充血的一种，中医称为卒中（最难救的中风）。她十日前在暗房里踬仆倒地，从此不再开口出言，登仙似的结束了她八十四年的长寿，六十年良妻与贤母的辛勤，她现在已经永远地脱辞了烦恼的人间，还归她清净自在的来处。我们承受她一生的厚爱与荫泽的儿孙，此时亲见，将来追念。她最后的神化，不能自禁中怀的摧痛，热泪暴雨似的盆涌，然痛心中却亦隐有无穷的赞美，热泪中依稀想见她功成德备的微笑，无形中似有不朽的灵光，永远地临照她绵衍的后裔……

七

旧历的乞巧那一天，我们一大群快活的游踪，驴子灰的黄的白的，轿子四个脚夫抬的，正在山海关外，迂回地、曲折地绕登角山的栖贤寺，面对着残圮的长城，巨虫似的爬山越岭，隐入烟霭的迷茫。那晚回北戴河海滨住处，已经半夜，我们还打算天亮四点钟上莲峰山去看日出，我已经快上床，忽然想起了，出去问有信没有，听差递给我一封电报，家里来的四等电报，我就知道不妙，果然是“祖母病危速回”！我当晚就收拾行装，赶早上六时车到天津，晚上才上津浦快车。正嫌路远车慢，半路又为水发冲坏了轨道过不去，一停就停了十二点钟有余，在车里多过了一夜，直到第三天的中午方才过江上沪宁车。这趟车如其准点到上海，刚好可以接上沪杭的夜车，谁知道又误了点，误了不多不少的一分钟，一面我们的车进站，他们的车头呜地一声叫，别断别断地去了！我若然是空身子，还可以冒险跳车，偏偏我的一只手又被行李雇定了，所以只得定着眼睛送它走。

所以直到八月二十二日的中午我方才到家。我给通伯的信说“怕的是已经见不着老人”，在路上那几天真的难受，缩不短的距离没有法子，但是那急人的水发，急人的火车，几面凑拢来，叫我整整地迟一昼夜到家！试想病危了的八十四岁的老人，这二十四点钟不是容易过的，说不定她刚巧在这个期间内有什么动静，那才叫人抱憾哩！但是结果还算没有多大的差池——她老人家还在生死的交关等着！

八

奶奶——奶奶——奶奶——奶奶！你的孙儿回来了，奶奶！没有回音。老太太阖着眼，仰面躺在床里，右手拿着一把半旧的雕翎扇很自在地扇动着。老太太原就怕热，每年暑天总是扇子不离手的，那几天又是特别的热。这还不是好好的老太太，呼吸顶匀净的，定是睡着了，谁说危险！奶奶，奶奶！她把扇子放下了，伸手去摸着头顶上挂着的冰袋，一把抓得紧紧的，呼了一口长气，像是暑天赶道儿的喝了一碗凉汤似的，这不是她明明的有感觉不是？我把她的手拿在我的手里，她似乎感觉我手心的热，可是她也让我握着，她开了眼了！右眼张得比左眼开些，瞳子却是发呆，我拿手指在她的眼前一挑，她也没有瞧，那准是她瞧不见了——奶奶，奶奶——她也真没有听见，难道她真是病了，真是危险，这样爱我疼我宠我的好祖母，难道真会得……我心里一阵的难受，鼻子里一阵的酸，滚热的眼泪就迸了出来。这时候床前已经挤满了人，我的这位，我的那位，我一眼看过去，只见一片惨白忧愁的面色，一双双装满了泪珠的眼眶，我的妈更看得憔悴。他们已经伺候了六天六夜，妈对我讲祖母这回不幸的情形，怎样地她夜饭前还在大厅上吩咐事情，怎样地饭后进房去自己擦脸，不知怎样地闪了下去，外面人听着响声进去，已经是不能开口了，怎样地请医生，一直到现在还没有转机……

一个人到了天伦骨肉的中间，整套的思想情绪，就变换了式样与颜色。你的不自然的口音与语法没有用了；你的耀眼的袍服可以不必穿了；你的洁白的天使的翅膀，预备飞翔出人间到天堂的，不便在你的慈母跟前自由地开豁；你的理想的楼台亭阁，也不轻易地放进这二百年的老屋；你的佩剑，要塞，以及种种的防御，在竞争的外界即使是必要的，到此只是可怜的累赘。在这里，不比在其余的地方，他们所要求于你的，只是随熟的声音与笑貌，只是好的、纯粹的本性，只是一个没有斑点子的赤裸裸的好心。在这些纯爱的骨肉的经纬中心，不由得你不从你的天性里抽出最柔糯亦最有力的几缕丝线来加密或是缝补这幅天伦的结构。

所以我那时坐在祖母的床边，含着两朵热泪，听母亲叙述她的病况，我脑中发生了异常的感想，我像是至少逃回了二十年的光阴，正如我膝前子侄辈一般的高矮，回复了一片纯朴的童真，早上走来祖母的床前，揭开帐子叫一声软和的奶奶，她也回叫了我一声，伸手到里床去摸给我一个蜜枣或是三片状元糕，我又叫了一声奶奶，出去玩了，那是如何可爱的辰光，如何可爱的天真，但如今没有了，再也不回来了，现在床里躺着的，还不是我的亲爱的祖母，十个月前我伴着到普渡登山拜佛清健的祖母，但现在何以不再答应我的呼唤，何以不再能表情，不再能说话，她的灵性哪里去了，她的灵性哪里去了？

九

一天，一天，又是一天——在垂危的病榻前过的时刻，不比平常飞驶无碍的光阴，时钟上同样的一声嘀嗒，直接地打在你的焦急的心里，给你一种模糊的隐痛——祖母还是照样地眠着，右手的脉自从起病以来已是极微仅有的，但不能动弹的却反是有脉的左侧，右手还是不时在挥扇，但她的呼吸还是一例的平匀，面容虽不免瘦削，光泽依然不减，并没有显著的衰象，所以我们在旁边看她的，差不多每分钟都盼望她从这长期的睡眠中醒来，打一个呵欠，就开眼见人，开口说话——果然她醒了过来，我们也不会觉得离奇，像是原来应当似的。但这究竟是我们亲人绝望中的盼望，实际上所有医生，中医、西医、针医，都已一致地回绝，说这是“不治之症”，中医说这脉象是凭证，西医说脑壳里血管破裂，虽则植物性机能——呼吸、消化——不曾停止，但言语中枢已经断绝——此外更专门更玄学更科学的理论我也记不得了。所以暂时不变的原因，就在老太太本来的体元太好了，拳术家说的“一时不能散工”，并不是病有转机的兆头。

我们自己人也何尝不明白这是个绝症；但我们却总不忍自认是绝望：这“不忍”便是人情。我有时在病榻前，在凄悒的静默中，发出了重大疑问。科学家说人的意识与灵感，只是神经系统最高的作用，这复杂、微妙的机械，只要部分有了损伤或是停顿，全体的动作便发生相当的影响；如其最重要的部分受了扰乱，他不是变成反常的疯癫，便是完全地失去意识。照这一说，体即是用，离了体即没有用；灵魂是宗教家的大谎，人的身体一死什么都完了。这是最干脆不过的说法，我们活着时有这样有那样已经尽够麻烦，尽够受，谁还有兴致，谁还愿意到坟墓的那一边再去发生关系，地狱也许是黑暗的，天堂是光明的，但光明与黑暗的区别无非是人类专擅的假定，我们只要摆脱这皮囊，还归我清静，我不愿意头戴一个黄色的空圈子，合着手掌跪在云端里受罪！

再回到事实上来，我的祖母——一位神志最清明的老太太——究竟在哪里？我既然不能断定因为神经部分的震裂她的灵感性便永远地消灭，但同时她又分明地失却了表情的能力，我只能设想她人格的自觉性，也许比平时消淡了不少，却依旧是在着，像在梦魇里将醒未醒时似的，明知她的儿媳孙曾不住地叫唤她醒来，明知她即使要永别也总还有多少的嘱咐，但是可怜她的眼球再不能反映外界的印象，她的声带与口舌再不能表达她内心的情意，隔着这脆弱的肉体的关系，她的性灵再不能与她最亲的骨肉自由地交通——也许她也在整夜地伴着我们焦急，伴着我们伤心，伴着我们出泪，这才是可怜，这才真叫人悲感哩！

十

到了八月二十七那天，离她起病的第十一天，医生吩咐脉象大大地变了，叫我们当心，这十一天内每天她只咽入很困难的几滴稀薄的米汤，现在她的面上的光泽也不如早几天了，她的目眶更陷落了，她的口部的筋肉也更宽弛了，她右手的动作也减少了，即使拿起了扇子也不再能很自然地扇动了——她的大限的确已经到了。但是到晚饭后，反是没有什么显象。同时一家人着了忙，准备寿衣的，准备冥银的，准备香灯等等的。我从里走出外，又从外走进里，只见匆忙的脚步与严肃的面容。这时病人的大动脉已经微细得不可辨，虽则呼吸还不至怎样的急促。这时一家的骨肉已经齐集在病房里，等候那不可避免的时刻。到了十时光景，我和我的父亲正坐在房的那一头一张床上，忽然听得一个哭叫的声音说——“大家快来看呀，老太的眼睛张大了！”这尖锐的喊声仿佛是一大桶的冰水浇在我的身上，我所有的毛管一齐竖了起来，我们踉跄地奔到了床前，挤进了人丛。果然，老太太的眼睛张大了，张得很大了！这是我一生从不曾见过，也是我一辈子忘不了的眼见的神奇。（恕罪我的描写！）不但是两眼，面容也是绝对的神变了（transfigured）：她原来皱缩的面上，发出一种鲜润的彩泽，仿佛半瘀的血脉，又一度充满了生命的精液，她的口，她的两颊，也都回复了异样的丰润。同时她的呼吸渐渐地上升，急进的短促，现在已经几乎脱离了气管，只在鼻孔里脆响地呼出了。但是最神奇不过的是一只眼睛！她的瞳孔早已失去了收敛性，呆顿地放大了。但是最后那几秒钟！不但眼眶是充分地张开了，不但黑白分明，瞳孔锐利地紧敛了，并且放射着一种不可形容，不可信的辉光，我只能称它为“生命最集中的灵光”！这时候床前只是一片的哭声，子媳唤着娘，孙子唤着祖母，婢仆争喊着老太太，几个稚龄的曾孙，也跟着狂叫太太……但老太太最后的开眼，仿佛是与她亲爱的骨肉，作无言的诀别，我们都在号泣地送终，她也安慰了，她放心地去了。在几秒钟内，死的黑影已经上了老人面部，遏灭了生命的异彩，她最后的呼气，正似水泡破裂，电光沓灭，菩提的一响，生命呼出了窍，什么都止息了。

十一

我满心充塞了死象的神奇，同时又须顾管我有病的母亲，她那时出性地号啕，在地板上滚着，我自己反而哭不出来。我自己也觉得奇怪了，眼看着一家长幼的涕泪滂沱，耳听着狂沸似的呼抢号叫，我不但不发生同情的反应，却反达到了一个超感情的、静定的、幽妙的意境，我想象地看见祖母脱离了躯壳与人间，穿着雪白的长袍，冉冉地上升天去，我只想默默地跪在尘埃，赞美她一生的功德，赞美她一生的圆寂。这是我的设想！我们内地人却没有这样纯粹的宗教思想；他们的假定是不论死的是高年厚德的老人或是无知无愆的幼孩，或是罪大恶极的凶人，临到弥留的时刻总是一例地有无常鬼、摸壁鬼，牛头马面、赤发獠牙的阴差等等到门，拿着镣链枷锁，来捉拿阴魂到案。所以烧纸帛是平他们的暴戾，最后的呼抢是没奈何的诀别。这也许是大部分临死时实在的情景，但我们却不能概定所有的灵魂都不免遭受这样的凌辱。譬如我们的祖老太太的死，我只能想她是登天，只想象她慈祥的神化——像那样鼎沸的号啕，固然是至性不能自禁，但我总以为不如匐伏隐泣或默祷，转为近情，较为合理。

理智发达了，感情便失了自然的浓挚；厌世主义的看来，眼泪与笑声一样是空虚的，无意义的。但厌世主义姑且不论，我却不相信理智的发达，会得妨碍天然的情感；如其教育真有效力，我以为效力就在剥削了不合理性的“感情作用”，但决不会有损真纯的感情；他眼泪也许比一般人流得少些，但他等到流泪的时候他的泪才是应流的泪。我也是知识愈开流泪愈少的一个人，但这一次却也真的哭了好几天。一次是伴我的姑母哭的，她为产后不曾复元，所以祖母的病一直瞒着她，一直到了祖母故后的早上方才通知她。她扶病来了。她还不曾下轿，我已经听出她在啜泣，我一时感到一阵的悲伤，等到她出轿放声时，我也在房中唏嘘不住。又一次是伴祖母当年的赠嫁婢哭的。她比祖母小十一岁，今年七十三岁，亦已是个白发的婆子，她也来哭她的“小姐”，她是见着我祖母的花烛的唯一的人，她一哭我也哭了。

再有是伴我的父亲哭的。我总是觉得一个身体伟大的人，他动情感的时候，动人的力量也比平常人伟大些。我见了我父亲哭泣，我就忍不住要伴着淌泪。但是感动我最强烈的几次，是他一人倒在床里，反复地啜泣，叫着妈，像一个小孩似的，我就感到最热烈的伤感，在他伟大的心胸里浪涛似的起伏，我就感到母子的感情的确是一切感情的起源与总结，等到一失慈爱的荫庇，仿佛一生的事业顿时没有了根柢，所有的快乐都不能填平这唯一的缺陷；所以他这一哭，我也真哭了。

但是我的祖母果真是死了吗？她的躯体是的。但她是不死的。诗人勃兰恩德（Bryant）说：

So live, that when thy summons comes to join the innumerable caravan, which moves to that mysterious realm where each one takes his chamber in the silent halls of death, then go not, like the quarry slave at night scourged to his dungeon, but sustained and soothed.

By an unfaltering truth, approach thy grave like one that wraps the drapery A his couch, about him, and lies down to pleasant dreams.

如果我们的生前是尽责任的，是无愧的，我们就会安坦地走进我们的坟墓，我们灵魂里不会有惭愧或悔恨的刀痕。人生自生至死，如勃兰恩德的比喻，真是大队的旅客在不尽的沙漠中行进，只要良心有个安顿，到夜里你卧倒在帐幕里也就不怕噩梦来缠绕。

我的祖母，在那旧式的环境里，到我们家来五十九年，真像是做了长期的苦工，她何尝有一日的安闲，不必说子女的嫁娶，就是一家的柴米油盐，扫地抹桌，哪一件事不在八十岁老人早晚的心上！我的伯父快近六十岁了，但他的起居饮食，还差不多完全是祖母经管的，初出世的曾孙如其有些身热咳嗽，老太太晚上就睡不安稳；她爱我宠我的深情，更不是文学所能描写；她那深厚的慈荫，真是无所不包，无所不蔽。但她的身心即使劳碌了一生，她的报酬却在灵魂无上的平安；她的安慰就在她的儿女孙曾，只要我们能够步她的前例，各尽天定的责任，她在冥冥中也就永远地微笑了。

十一月二十四日

伤双栝老人

看来你的死是无可置疑的了，宗孟先生，虽则你的家人们到今天还没法寻回你的残骸。最初消息来时，我只是不信，那其实是太突兀，太荒唐，太不近情。我曾经几回梦见你生还，叙述你历险的始末，多活现的梦境！但如今在栝树凋尽了青枝的庭院，再不闻“老人”的謦欬；真的没了，四壁的白联仿佛在微风中叹息。这三四十天来，哭你有你的内眷、姊妹、亲戚、悼你的私交；惜你有你的政友与国内无数爱君才调的士夫。志摩是你的一个忘年的小友。我不来敷陈你的事功，不来历叙你的言行；我也不来再加一份涕泪吊你最后的惨变。魂兮归来！此时在一个风满天的深夜握笔，就只两件事闪闪的在我心头：一是你谐趣天成的风怀，一是髫年失怙的诸弟妹，他们，你在时，哪一息不是你的关切，便如今，料想你彷徨的阴魂也常在他们的身畔飘逗。平时相见，我倾倒你的妙语，往往含笑静听，不叫我的笨涩羼杂你的莹彻，但此后，可恨这生死间无情的阻隔，我再没有那样的清福了！只当你是在我跟前，只当是消磨长夜的闲谈，我此时对你说些琐碎，想来你不至厌烦吧。

先说说你的弟妹。你知道我与小孩子们说得来，每回我到你家去，他们一群四五个，连着眼珠最黑的小五，浪一般地拥上我的身来，牵住我的手，攀住我的头，问这样，问那样；我要走时他们就着了忙，抢帽子的，锁门的，嗄着声音苦求的——你也曾见过我的狼狈。自从你的噩耗到后，可怜的孩子们，从不满四岁到十一岁，哪懂得生死的意义，但看了大人们严肃的神情，他们都发了呆，一个个木鸡似的在人前愣着。有一天听说他们私下在商量，想组织一队童子军，冲出山海关去替爸爸报仇！

“栝安”那虚报到的一个早上，我正在你家。忽然间一阵天翻地覆似的闹声从外院陡起，一群孩子拥着一位手拿电纸的大声欢呼着，冲锋似的拥进了上房。果然是大胜利，该得庆祝的：“爹爹没有事！”“爹爹好好的！”徽那里平安电马上发了去，省她急。福州电也发了去，省他们跋涉。但这欢喜的风景注定活不到三天，又叫接着来的消息给完全煞尽！

当初送你同去的诸君回来，证实了你的死讯。那晚，你的骨肉一个个走进你的卧房，各自默恻恻地坐下，啊，那一阵子最难堪的噤寂，千万种痛心的思潮在各个人的心头，在这沉默的暗惨中，激荡，汹涌，起伏。可怜的孩子们也都泪滢滢地攒聚在一处，相互地偎着，半懂得情景的严重。霎时间，冲破这沉默，发动了放声的号啕，骨肉间至性的悲哀——你听着吗，宗孟先生，那晚有半轮黄月斜觇着北海白塔的凄凉？

我知道你不能忘情这一群童稚的弟妹。前晚我去你家时见小四小五在灵帏前翻着跟斗，正如你在时他们常在你的跟前献技。“你爹呢？”我拉住他们问。“爹死了”，他们嘻嘻地回答，小五搂住了小四，一和身又滚作一堆！他们将来的养育是你身后唯一的问题——说到这里，我不由得想起了你离京前最后几回的谈话，政治生活，你说你不但尝够而且厌烦了。这五十年算是一个结束，明年起你准备谢绝俗缘，亲自教课膝前的子女；这一清心你就可以用功你的书法，你自觉你腕下的精力，老来只是健进，你打算再花二十年工夫，打磨你艺术的天才；文章你本来不弱，但你想望的却不是什么等身的著述，你只求沥一生的心得，淘成三两篇不易衰朽的纯晶。这在你是一种觉悟；早年在国外初识面时，你每每自负你政治的异禀。即在年前避居津地时你还以为前途不少有为的希望，直到最近政态诡变，你才内省厌倦，认真想回复你书生逸士的生涯。我从最初惊讶你清奇的相貌，惊讶你更清奇的谈吐，我便不阿附你从政的热心，曾经有多少次我讽劝你趁早回航，领导这新时期的精神，共同发现文艺的新土。即如前年泰戈尔来时，你那兴会正不让我们年轻人；你这半百翁登台演戏，不论劳倦的精神正不知给了我们多少的鼓舞！

不，你不是“老人”；你至少是我们后生中间的一个。在你的精神里，我们看不见苍苍的鬓发，看不见五十年光阴的痕迹；你依旧是二三十年前《春痕》故事里的逸的风情——“万种风情无地着”，是你最得意的名句，谁料这下文竟命定是“辽原白雪葬华颠”！

谁说你不是君房的后身？可惜当时不曾记你摇曳多姿的叶属，蓓蕾似的满缀着警句与谐趣，在此时回忆，只如天海远处的点点航影，再也认不分明。你常常自称厌世人，果然，这世界，这人情，哪禁得起你锐利的理智的解剖与抉剔？你的锋芒，有人说，是你一生最吃亏的所在。但你厌恶的是虚伪，是矫情，是顽老，是乡愿的面目，哪还是不该的？谁有你的豪爽，谁有你的倜傥，谁有你的幽默？你的锋芒，即使露，也决不是完全在他人身上应用，你何尝放过你自己？对己一如对人，你丝毫不存姑息，不存隐讳，这就够难能，在这无往不是矫揉的日子，再没有第二人，除了你，能给我这样脆爽的清谈的愉快。再没有第二人在我的前辈中，除了你能使我感受这样的无执无我精神。最可怜是远在海外的徽徽，她，你曾经对我说，是你唯一的知己；你，她也会对我说，是她唯一的知己。你们这父女不是寻常的父女。“做一个有天才的女儿的父亲，”你会说，“不是容易享的福，你得放低你天伦的辈分先求做到友谊的了解。”徽，不用说，一生崇拜的就只你，她一生理想的计划中，哪件事离得了聪明不让她自己的老父？但如今，说也可怜，一切都成了梦幻，隔着这万里途程，她那弱小的心灵如何载得起这奇重的哀惨！这终天的缺陷，叫她问谁补去？佑着她吧，你不昧的阴灵，宗孟先生，给她健康，给她幸福。尤其给她艺术的灵术——同时提携她的弟妹，共同增荣雪池双栝的清名！

一九二六年二月二日新月社

吊刘叔和

一向我的书桌上是不放相片的。这一月来有了两张，正对我的座位，每晚更深时就只它们俩看着我写，伴着我想。院子里偶尔听着一声清脆，有时是虫，有时是风卷败叶，有时我想象是我们亲爱的故世人从坟墓的那一边吹过来的消息。伴着我的一个是小，一个是“老”：小的就是我那三月间死在柏林的彼得，老的是我们钟爱的刘叔和，“老老”。彼得坐在他的小皮椅上，抿紧着他的小口，圆睁着一双秀眼，仿佛性急要妈拿糖给他吃，多活灵的神情！但在他右肩空白上分明题着这几行小字：“我的小彼得，你在时我没福见你，但你这可爱的遗影应该可以伴我终身了。”老老是新长上几根看得见的上唇须在他那件常穿的缎褂里欠身坐着，严正在他的眼内，和蔼在他的口颔间。

让我来看。有一天我邀他吃饭，他来电说病了不能来，顺便在电话中他说起我的彼得。（在襁褓时的彼得，叔和在柏林也曾见过。）他说我那篇悼儿文作得不坏；有人素来看不起我的笔墨的，他说，这回也相当的赞许了。我此时还分明记得他那天通电时着了寒发沙的嗓音！我当时回他说多谢你们夸奖，但我却觉得凄惨因为我同时不能忘记那篇文字的代价，是我自己的爱儿。过了几天适之来说："老老病了，并且他那病相不好，方才我去看他，他说适之我的日子已经是可数的了。"他那时住在皮宗石家里。我最后见他的一次，他已在医院里。他那神色真是不好，我出来就对人讲，他的病中医叫作湿瘟，并且我分明认得它，他那眼内的钝光，面上的涩色，一年前我那表兄沈叔薇弥留时我曾经见过——可怕的认识，这侵蚀生命的病征。可怜少鳏的老老，这时候病榻前竟没有温存的看护；我与他说笑："至少在病苦中有妻子毕竟强似没妻子，老老，你不懊丧续弦不及早？"那天我喂了他一餐，他实在是动弹不得；但我向他道别的时候，我真为他那无告的情形不忍。（在客地的单身朋友们，这是一个切题的教训，快些成家，不要过于挑剔了吧：你放平在病榻上时才知道没有妻子的悲惨！——到那时，比如叔和，可就太晚了。）

叔和没了。但为你，叔和，我却不曾掉泪。这年头也不知怎的，笑自难得，哭也不得容易。你的死当然是我们的悲痛，但转念这世上惨淡的生活其实是无可沾恋，趁早隐了去，谁说一定不是可羡慕的幸运？况且近年来我已经见惯了死，我再也不觉着它的可怕。可怕是这烦嚣的尘世：蛇蝎在我们的脚下，鬼祟在市街上，霹雳在我们的头顶，噩梦在我们的周遭。在这伟大的迷阵中，最难得的是遗忘；只有在简短的遗忘时我们才有机会恢复呼吸的自由与心神的愉快。谁说死不就是个悠久的遗忘的境界？谁说墓窟不就是真解放的进门？

但是随你怎样看法，这生死间的隔绝，终究是个无可奈何的事实，死去的不能复活，活着的不能到坟墓的那一边去探望。到绝海里去探险我们得合伙，在大漠里游行我们得结伴；我们到世上来做人，归根说，还不只是惴惴地来寻访几个可以共患难的朋友，这人生有时比绝海更凶险，比大漠更荒凉，要不是这点子友谊的同情我第一个就不敢向前迈步了。叔和真是我们的一个。他的性情是不可信的温和："顶好说话的老老"；但他每当论事，却又绝对地不苟同，他的议论，在他起劲时，就比如山壑间雨后的乱泉，石块压不住它，蔓草掩不住它。谁不记得他那永远带伤风的嗓音，他那永远不平衡的肩背，他那怪样的激昂的神情？通伯在他那篇《刘叔和》里说起当初在海外老老与傅孟真的豪辩，有时竟连"讷讷不多言"的他，也"免不了加入他们的战队"。这三位衣常敝、履无不穿的"大贤"在伦敦东南隅的陋巷，点煤气油灯的斗室里，真不知有多少次借光柏拉图与卢骚[①]与斯宾塞的迷力，欺骗他们告空虚的肠胃——至少在这一点他们三位是一致同意的！但通伯却忘了告诉我们他自己每回加入战团时的特别情态，我想我应得替他补白。我方才用乱泉比老老，但我应得说他是一窜野火，焰头是斜着去的；傅孟真，不用说，更是一窜野火，更猖獗，焰头是斜着来的；这一去一来就发生了不得开交的冲突。在他们最不得开交时劈头下去了一瓢冷水，两窜野火都吃了惊，暂时翳了回去。那一瓢冷水就是通伯，他

① 今译卢梭。

是出名冷水的圣手。

啊，那些过去的日子！枕上的梦痕，秋雾里的远山。我此时又想起初度太平洋与大西洋时的情景了。我与叔和同船到美国，那时还不熟；后来同在纽约一年差不多每天会面的，但最不可忘的是我与他同渡大西洋的日子。那时我正迷上尼采开口就是那一套沾血腥的字句。

我仿佛跟着查拉图斯特拉登上了哲理的山峰，高空清气在我的肺里，杂色的人生横亘在我的眼下。船过必司该海湾的那天，天时骤然起了变化：岩片似的黑云一层层累叠在船的头顶，不漏一丝天光，海也整个翻了，这里一座高山，那边一个深谷，上腾的浪尖与下垂的云爪相互地纠拿着；风是从船的侧面来的，夹着铁梗似粗的暴雨，船身左右侧地倾欹着。这时候我与叔和在水泼的甲板上往来地走——哪里是走，简直是滚，多强烈的震动！霎时间雷电也来了，铁青的云板里飞舞着万道金蛇。涛响与雷声震成了一片喧阗，大西洋险恶的威严在这风暴中尽情地披露了"人生"，我当时指给叔和说，"有时还不止这凶险，我们有胆量进去吗？"那天的情景益发激动了我们的谈兴，从风起直到风定，从下午直到深夜，我分明记得，我们俩在沉酣的论辩中遗忘了一切。

今天国内的状况不又是一幅大西洋的天变？我们有胆量进去吗？难得是少数能共患难的旅伴；叔和，你是我们的一个，如何你等不得浪静就与我们永别了？叔和，说他的体气，早就是一个弱者；但如其一个不坚强的体壳可以包容一团坚强的精神，叔和就是一个例。叔和生前没有仇人，他不能有仇人；但他自有他不能容忍的对象：他恨混淆的思想，他恨腌臜的人事。他不轻易斗争；但等他认定了对敌出手时，他是最后回头的一个。叔和，我今天又上了暴风雨中的甲板，我不能不悼惜我侣伴的空位！

十月十五日

其他

西伯利亚游记

一　开篇

你答应了一件事，你的心里就打上了一个结，这个结一天不解开，你的事情一天不完结，你就一天不得舒服，“不做中人不做保，一世无烦恼”，就是这个意思。谁叫我这回出来，答应了人家通讯？在西伯利亚道上我记得曾经发出过一封，但此后，约莫有个半月了，一字我不曾寄去，债愈积愈不容易清呢，我每天每晚揪住了心里的那个结对自己说。同时我知道国内一部分的朋友也一定觉着诧异，他们一定说：“你看出门人没有靠得住的，他临走的时候答应得多好，说一定随时有信来报告行踪，现在两个月都快满了，他那里一个字都不曾寄来！”

但是朋友们，你们得知道我并不是存心叫你们失望的；

我至今不写信的缘故决不完全是懒，虽则懒是到处少不了有它的份。当然更不是为无话可说；上帝不许！过了这许多逍遥的日子还来抱怨生活平凡。话多得很，岂止有，难处就在积满了这一肚子的话，从哪里说起才是，这是一层；还有一个难处，在我看来更费踌躇，是这番话应该怎么说法？假如我是一个干脆的报馆访事员，他唯一的金科是有闻必录，那倒好办，只要把你一只耳朵每天收拾干净，出门不要忘了带走，轻易不许它打盹，同时一手拿着记事册，一手拿着“永远尖”，外来的新闻交给耳朵，耳朵交给手，手交给笔，笔交给纸，这不就完事了不是？可惜我没有做访事的天赋，耳朵不够长，手不够快，我又太笨，思想来得奇慢的，笔下请得到的有数几个字也都是有脾气的只许你去凑它们的趣，休想它们来凑你的趣；否则我要是有画家的本事，见着那边风景好，或是这边人物美，立刻就可以打开本子来自描写生，那不是心灵里的最细沉最飘忽的消息，都有法子可以款留踪迹，我也不怕没有现成文章作了。

我想你们肯费工夫来看我通讯的也不至于盼望什么时

局的新闻。莫索利尼[1]的演说，兴登堡将军做总统，法国换内阁等等，自有你们驻欧特约通讯员担任，我这本记事册上纸张不够宽恕不备载了。你们也不必期望什么出奇的事项，因为我可以私下告诉你们我这回到欧洲来并不想谋财，也不想害命，也不愿意自己的腿子叫汽车轧扁或是牺牲钱包让剪绺先生[2]得意。不，出奇也是不会得的，本来我自己是一个平淡无奇的游客，我眼内的欧洲也只是平淡无奇的几个城子；假如我有话说时也只是在这平淡无奇的经验的范围内平淡无奇的几句话，再没有别的了。

唯其因为到处是平淡无奇，我这里下笔写的时候就格外觉得为难。假如我有机会看得见牛斗，一只穿红衣的大黄牛和一个穿红衣的骑士拼命，千万个看客围着拍掌叫好的话，我要是写下一篇《斗牛记》，那不仅你们看的人合适，我写的人也容易。偏偏牛斗我看不着（听说西班牙都禁绝了）；别说牛斗，人斗都难得见着，这世界分明是个和平的世界，你从这国的客栈转运到那国的客栈见着的无

---

① 今译墨索里尼。
② 指小偷、扒手。

非仆欧们的笑脸与笑脸的仆欧们——只要你小钱凑手你准看得见一路不断的笑脸。这刻板的笑脸当然不会得促动你做文章的灵机。就这意大利人，本来是出名性子暴躁轻易就会相骂的也分明涵养好多了；你们念过 W.D.Howells，*Venetian Life* 的那段两位江朵蜡[①]船家吵嘴的妙文一定以为到此地来一定早晚听得见色彩鲜艳的骂街；但是不，我来了已经有一个多月却还一次都不曾见过暴烈的南人的例证。总之这两月来一切的事情都像是私下说通了不叫我听见或是碰到一些异常的动静！同时我答应做通讯的责任并不因此豁免或是减轻；我的可恨的良心天天掀着我的肘子说：“喂，赶快一点，人家等着你哪！”

寻常的游记我是不会写的，也用不着我写，这烂熟的欧洲，又不是北冰洋的尖头或是非洲沙漠的中心，谁要你来饶舌。要我拿日记来公开我有些不愿意，叫白天离魂的鬼影到大家跟前来出现似乎有些不妥当——并且老实说近来本子上记下的也不多。当作私人信札写又如何呢？那也

① Gondola，今译贡多拉或凤尾船，威尼斯特有的一种水上交通工具。

是一个写法，但你心目中总得悬拟你一个相识的收信人，这又是困难，因为假如你存想你最亲密的朋友，他或是她，你就有过于啰唆的危险，同时如其假定的朋友太生分了，你笔下就有拘束，一样的不讨好。啊，朋友们，你们的失望是定的了。方才我开头的时候似乎多少总有几句话说给你们听，但是你们看我笔头上别扭了好半天，结果还是没有结果。应得说什么，我自己不知道，应得怎么说法，我也是不知道！所以我不得不下流，不得不想法搪塞，笔头上有什么来我就往纸上写，管得选择，管得体裁，管得体面！

二　自愿的充军

“谁叫你去的，这不是活该？”我听得见北京的朋友们说。我是个感情的人；老头病了，想我去，我不得不去，我就去。那时候有许多朋友都反对，他们说：“老头快死了，你赶去送丧不成？趁早取消吧！至于意大利你哪一个年头去不得，等着有更好的机会再去不好？”如今他们更有话说了："你看老头不是开你玩笑？他要你去，自己反倒早跑了。现在你这光棍吊空在欧洲，何苦来，赶快回家吧！"

三 离京

我往常出门总带着一只装文件的皮箱，这里面有稿本，有日记，有信件，大多都是见不得人面的。这次出门有一点特色，就是行李里空了秘密的累赘，干脆的几件衣服几本书，谁来检查都不怕，也不知怎的生命里是有那种不可解的转变，忽然间你改变了评价的标准，原来看重的这时不看重了，原来隐讳的这时也毋庸隐讳了，不但皮箱里口袋里出一个干净，连你的脑子里五脏里本来多的是古怪的复壁夹道，现在全理一个清通，像意大利麦古龙尼[①]似的从这头通到那头。这是一个痛快。做生意的馆子逢到节底总结一次账，进出算个分明，准备下一节重新来过；我们

① macaroni，今译通心粉。

的生命里也应得隔几时算一次总账，赚钱也好，亏本也好，老是没头没脑地窝着堆着总不是道理。好在生意忙的时期也不长，就是中间一段交易复杂些，小孩子时代不会做买卖，老了的时候想做买卖没有人要，就这约莫二十岁到四十岁的二十年间的确是麻烦的，随你怎样认真记账总免不了挂漏。还有记错的隔壁账、糊涂账，吃着的坍账、混账，这时候好经理真不容易做！我这回离京真是爽快，真叫是“一肩行李，两袖清风，俺就此去也！”但是不要得意，以前的账务虽然暂时结清（那还是疑问），你店门还是开着，生意还是做着，照这样热闹的市面，怕要不了一半年，尊驾的账目又该是一塌糊涂了！

四　旅伴

西班牙有一个俗谚，大旨是“一人不是伴，两人正是伴，三数便成群，满四就是乱”。这旅行，尤其是长途的旅行，选伴是一桩极重要的事情。我的理论我的经验，都使我无条件地主张独游主义——是说把游历本身看作目的。同样一个地方你独身来看与结伴来看所得的结果就不同。理想的同伴（比如你的爱妻或是爱友或是爱什么）当然有，但与其冒险不如意同伴的懊怅不如立定主意独身走来得妥当。反正近代的旅行其实是太简单容易了，尤其是欧洲，哑巴瞎子聋子傻瓜都不妨放胆去旅行，只要你认识字，会得做手势，口袋里有钱，你就不会丢。

我这次本来已经约定了同伴，那位先生高明极了，他在西伯利亚打过几年仗，红党白党（据他自己说）都是他的朋友，会说俄国话，气力又大，跟他同走一定吃不了亏。可是我心里明白，天下没有无条件的便宜，况且军官大爷不是容易伺候的，回头他发现假定的“绝对服从”有漏孔时他就对着这无抵抗的弱者发威，那可不是玩！这样一想我觉得还是独身去西伯利亚冒险，比较的不恐怖些。说也巧，那位先生在路上发现他的公事还不曾了结至少须延迟一星期动身，我就趁机会告辞，一溜烟先自跑了！

同时在车上我已经结识了两个旅伴：一位是德国人，做帽子生意的，他的脸子他的脑袋，他的肚子都一致声明他决不是另一国人。他可没有日耳曼人往常的镇定，在他那一双闪烁的小眼睛里你可以看出他一天害怕与提防危险的时候多，自有主见的时候少。他的鼻子不消说完全是叫啤酒与酒精熏糟了的，皮里的青筋全都纠盘地拱着活像一只霁红碎瓷的鼻烟壶。他常常替他自己发现着急的原因，不是担忧他的护照少了一种签字，便是害怕俄国人要充公他新做的衬衫。他念过他的叔本华；每次不论讲什么问题他的结句总是："倒不错，叔本华也是这么说的！"

还有一个更有趣的旅伴是在车上结识的意大利人。他也是在东方做帽子生意的。如其那位德国先生满脑子装着香肠啤酒与叔本华的，我见了不由得不起敬。这位拉丁族的朋友我简直地爱他了，我初次见他，猜他是个大学教授，第二次见他猜他是开矿的，到最后才知道他是卖帽子给我们的。我与他谈得投机极了，他有的是谐趣，书也看得不少，见解也不平常。像这种无意中的旅伴是很难得的，我一途来不觉着寂寞就幸亏有他，我到了还与他通信。你们都见过大学眼药的广告不是？那有一点儿像我那朋友。只是他漂亮多了，他那烧胡是不往下挂的，修得顶整齐，又黑又浓又紧，骤看像是一块天鹅绒，他的眼最表示他头脑的敏锐，他的两颊是鲜杨梅似的红，益发激起他白的肤色与漆黑的发。他最爱念的书是 *Don Quixteo Ariosto*，是他的癖好，丹德[①]当然更是他从小的陪伴。

五　两个生客

我是从满洲里买票的。普通车到莫斯科价共一百二十几卢布，国际车到赤塔才有，我打算到了赤塔再补票，到赤塔时耿济之君到车站来接我，一问国际车，票房说要外加一百卢布，同时别人分两段（即自满洲里至赤塔，再由赤塔买至莫斯科）买票的只花了一百七十多卢布。我就不懂为什么要多花我二三十卢布，一时也说不清，我就上了普通车，那是四个人一间的。但是上车一看情形有些不妥，因为房间里已经有波兰人一家住着，一个秃顶的爸爸，一个搽胭脂的妈妈，一个十三四岁的男孩，一个几个月的乳

① 今译但丁。

孩；我想这可要不得，回头拉呀哭呀闹呀叫我这外客怎么办，我就立刻搬家，管他要我添多少搬上了华丽舒服的国际车再说。运气也正好，恰巧还有一间三人住的大房空着，我就住下了；顶奇怪是等到补票时我满想挨花冤钱，谁知他只要我四十三元，合算起来倒比别人便宜了十个左右的卢布，这里面的玄妙我始终不曾想出来。

车上伺候的是一位忠实而且有趣的老先生。他来替我铺床笑着说："呀，你好福气，一个人占上这一大间屋子；我想你不应得这样舒服，车到了前面大站我替人放进两位老太太陪你，省得你寂寞好不好？"我说多谢多谢，但是老太太应得陪像你自己这样老头子的，我是年轻的，所以你应得寻一两个一样年轻的与我作伴才对。

我居然过了三天舒服的日子，第四天看了车上消息说今晚有两个客人上来，占我房里的两个空位，我就有点慌，跑去问那位老先生这消息真不真，他说，"怎么会得假呢？你赶快想法子欢迎那两位老太太吧！"（俄国车上男女是不分的。）回头车到了站，天已经晚了，我回房去看时果然见有几件行李放着：一只提箱，两个铺盖，一只装食物的箧箱。间壁一位德国太太过来看了对我说："你舒服了几天这回要受罪了，方才来的两位样子顶古怪的，不像是西方人，也不像是东方人，你留心点吧。"正说着话他们来了，一个高的，一个矮的；一个肥的，一个瘦的；一个黑脸，一个青脸——他们两位的尊容真得请教施耐庵先生才对得住他们，我想胖的那位可以借用黑旋风的雅号，瘦的那位得叨光杨志与王英两位"矮脚、青面兽"——两位头上全是黑松松的乱发，身上都穿着青辽辽的布衣。我是不曾见过杀人的凶手；但如其那两位朋友告诉我们方才从大牢里逃出来的，我一定无条件地相信！我们交谈了，不成：黑旋风先生很显出愿意谈天的样子，虽则青面兽先生绝对取缄默态度；黑先生只会三两句英国话，再来就是俄国话，再来更不知是什么鸟话。他们是土耳其斯坦来的。"你中国！"他似乎惊喜地回话。"阿孙逸仙……死？你……国民党？哈哈哈哈，你共产党？哈哈，你什么党？哈哈……到莫斯科？哈哈？"

一回见他们上饭车去了，那位老车役进房来铺房，见我一个人坐着发愣他就笑说你新来的朋友好不好？我说算了，劳驾，我还是欢迎你的老太太们！“你看年轻人总是这样三心两意的，老的不要，年轻的也不……”喔！枕垫底下可不是放着一对满装子弹的白郎林[①]手枪？他捡了起来往上边床上一放，慢慢地接着说：“年轻的也确太危险了，怪不得你不喜欢。”我平常也自夸多少有些“幽默”的，但那晚与那两位形迹可疑的生客睡在一房，心里着实有些放不平，上床时偷偷把钱包塞在枕头底下，还是过了半夜才落聪，黑旋风先生的鼾声真是雷响一般，你说我那晚苦不苦？明早上醒过来我还有些不相信，伸手去摸自己的脑袋，还好，没有搬家，侥幸侥幸！

六　西伯利亚

一个人到一个不曾去过的地方不免有种种的揣测，有时甚至害怕。我们不很敢到死的境界去旅行也就如此。西伯利亚，这个地方本来不容易使人发生荒凉的联想，何况

---

① 今译勃朗宁。

现在又变了有色彩的去处，再加谣传、附会、外国存心诬蔑苏俄的报告，结果在一般人的心目中这条平坦的通道竟变了不测的畏途。其实这都是没有根据的。西伯利亚的交通照我这次的经验看并不怎样比旁的地方麻烦，实际上那边每星期五从赤塔开到莫斯科（每星期三自莫至赤）的特快虽则是七八天的长途车，竟不会耽误时刻，那在中国就是很难得的了，你们从北京到满洲里，从满洲里到赤塔，尽可以坐二等车，但从赤塔到俄京那一星期的路程我劝你们不必省这几十块钱（不到五十），因为那国际车真是舒服，听说战前连洗澡都有设备的，比普通车位差太远了，坐长途火车是顶累人不过的，像我自己就有些晕车，所以有可以节省精力的地方还是多破费些钱来得上算，固然坐上了国际车你的同道只是体面的英、美、德、法人；你如其要参与俄国人的生活时不妨去坐普通车，那就热闹了，男女不分的，小孩是常有的，车间里四张床位，除了各人的行李以外，有的是你意想不到的布置。我说给你们听听：洋瓷面盆，小木坐凳，小孩坐车，各式药瓶，洋油锅子，煎咖啡铁罐，牛奶瓶，酒瓶，小儿玩具，晒湿衣服绳子，满地的报纸、乱纸、花生壳、向日葵子壳、痰唾、果子皮、鸡子壳、面包屑……房间里的味道也就不消细说。你们自己可以想象，老实说我有点受不住，但是俄国人自会作他们的乐，往往在一团氤氲（当然大家都吸烟）的中间，说笑的自说笑，唱歌的自唱歌，看书的看书，瞌睡的瞌睡，同时玻璃上的蒸汽全结成了冰屑，车外只是白茫茫的一片，静悄悄的没有声息，偶尔在树林的边沿看得见几处木板造成的小屋，屋顶透露着一缕青灰色的烟痕，报告这荒凉境地里的人迹。

吃饭一路上都有餐车，但不见佳而且贵，愿意省钱的可以到站时下去随便买些食物充饥，这一路每站上都有一两间小木屋（要不然就是几位老太太站在露天提着篮端着瓶子做生意）卖杂物的：面包、牛奶、生鸡蛋、熏鱼、苹果都是平常买得到的（记着我过路的时候是三月，满地还是冰雪，解冻的时候东西一定更多）。

我动身前有人警告我说："苏俄的忌讳多得很，你得留神；上次有几个美国人在餐车里大声叫仆欧（应得叫Comrade，康姆赖特，意思是朋友、同志或伙计），叫他们一脚踢下车去死活不知下落，你这回可小心！”那是不是神话我不曾有工夫去考虑；但为叫一声仆欧就得受死刑（苏州人说的“路倒尸”）我看来有些不像，实际上出门莫谈政治，倒是真的。尤其在革命未定的国家，关于苏俄我下面再讲。我们餐车的几位康姆赖特都是顶年轻的，中有一位实在不很讲究礼节，他每回来招呼吃饭，就像是上官发命令，斜瞟着一双眼，使动着一个不耐烦的指头，舌尖上滚出几个铁质的字音，嘭的阖上你的房门，他又到间壁去发命令了！他是中等身材，胸背是顶宽的，穿一身水色的制服，肩上放一块擦桌白布，走路像疾风似的有劲；但最有意思的是他的脑袋，椭圆的脸盘，扁平的前额上斜撩着一两鬈短发，眼睛不大但显示异常的决断力，颧骨也长得高，像一个有威权的人；他每回来伺候你的神情简直要你发抖；他不是来伺候他是来试你的胆量（我想胆子小些的客人见了他真会哭的）！他手里有杯盘、刀、叉，就像是半空里下冰雪一片片直削到你的面前，叫你如何不心寒；他也不知怎的有那么大气，绷紧着一张脸，我始终不曾见他露过些微的笑容；我也曾故意比着可笑的手势想博他一个和善些的顾盼，谁知不行，他的脸上笼罩着西伯利亚一冬的严霜，轻易如何消得；真的，他那肃杀的气概不仅是为威吓外来的过客，因为他对他的同僚我留神观察也并没有更温和的嘴脸；顶叫人不舒服的是他那口角边总是紧紧地咬着一支半焦的俄国纸烟，端菜时也在那里，说话时也在那里，仿佛他一腔的愤慨只有永远咬紧着牙关方可以勉强地耐着！后来看惯了倒也不觉得什么，我可是替他题上一个确切不过的徽号，叫他作“饭车里的拿破仑”，我那意大利朋友十二分地称赞我，因为他那体魄，他那神气，他的简决，尤其是他前额上斜着的几根小发，有时他悻悻地独自在餐车那一头站着，紧攒着眉头，一只手贴着前胸，谁说这不是拿翁再世的相儿？

七　西伯利亚

西伯利亚只是人少，并不荒凉。天然的景色亦自有特色，并不单调；贝加尔湖周围最美，乌拉尔一带连绵的森林不可忘。天气晴爽时空气竟像是透明的，亮极了，再加地面上雪光的反映，真叫你耀眼。你们住惯城里的难得有机会饱尝清洁的空气；下回你们要是路过西伯利亚或是同样地方，千万不要躲懒，逢站停车时，不论天气怎样冷，总得下去散步，借冰清尖锐的气流洗净你恶浊的肺胃，那真是一个快乐。不仅你的鼻孔，就是你面上与颈上露在外面的毛孔，都受着最甜美的洗礼，给你倦懒的性灵一剂绝烈的刺激，给你松散的筋肉一个有力的约束，激荡你的志气，加添你的生命。

再有你们过西伯利亚时记着，不要忙吃晚饭，牺牲最柔媚的晚景，雪地上的阳光有时幻成最娇嫩的彩色，尤其是夕阳西渐时，最普通是银红，有时鹅黄稍带绿晕。四年前我游小瑞士时初次发现了雪地里光彩的变幻，这回过西伯利亚看得更满意；你们试想象晚风静定时在一片雪白的平原上，疏伶伶的大树间，斜阳里平添出几大条鲜艳的彩带，是幻是真，是真是幻，那妙趣到你亲身经历时从容地辨认吧。

但我此时却不来复写我当时的印象，那太吃苦了，你们知道这逼紧了你的记忆召回早已消散了的景色，再得应用想象的光辉照出它们颜色的深浅，是一件极伤身的工作，比发寒热时出汗还凶。并且这来碰记着不清的地方你就得凭空造，那你们又不愿意了是不是？好，我想出了一个简便的办法，我这本记事册的前面有几页当时随兴涂下的杂记，我就借用。不是省事，就可惜我做事情总没有常性，什么都只是片断，那几段琐记又是在车上用铅笔写的英文，十个字里至少有五个字不认识，现在要来对号，真不易！我来试试。

（一） 西伯利亚并不坏，天是蓝的，日光是鲜明的，暖和的，地上薄薄地铺着白雪、矮树、甘草、白皮松，到处看得见，稀稀的住人的木房子。

（二） 方才过一站，下去走了一走，顶暖和。一个十岁左右卖牛奶的小姑娘手里拿瓶子卖鲜牛奶给我们。她有一只小圆脸，一双聪明的蓝眼，白净的皮肤，清秀有表情的面目，她脚上的套鞋像是一对张着大口的黄鱼，她的褂子也是古怪的样子，我的朋友给她一个半卢布的银币；她的小眼睛滚上几滚，接了过去仔细地查看，她开口问了，她要知道这钱是不是真的通用的银币；“好的，好的，自然好的！”旁边站着看的人（俄国车站上多的是闲人）一齐喊了。她露出一点子的笑容，把钱放进了口袋，一瓶牛奶交给客人，翻着小眼对我们望望，转身快快地跑了去。

（三）入境愈深，当地人民的苦况益发的明显。今天我在赤塔站上留心地看。褴褛的小孩子，从三四岁到五六岁，在站上问客人讨钱，并且也不是客气的讨法，似乎他们的手伸了出来决不肯空了回去的。不但在月台上，连站上的饭馆里都有，无数成年的男女，也不知做什么来的，全靠着我们吃饭处有木栏，斜着他们呆顿的头不移动地注视着你蒸汽的热汤或是你肘子边长条的面包。他们的样子并不恶，也不凶，可是晦塞而且阴沉，看见他的面貌你不由得不疑问这里的人民知不知道什么是自然的喜悦的笑容。笑他们当然是会的，尤其是狂笑，当他们受足了Vodka[1]的影响，但那时的笑是不自然的，表示他们的变态，不是上帝给我们喜悦。这西伯利亚的土人，与其说是受一个有自制力的脑府支配的人身体，不如说是一捆捆的原始

---

① 即伏特加。

的人道，装在破烂的黑色或深黄色的布衫与奇大的毡鞋里，他们的行动，他们的工作，无非是受他们内在的饿的力量所驱使，再没有别的可说了。

（四） 在 Irkutsk[①] 车停时许，他们全下去走路，天早已黑了，站内的光亮只是几只贴壁的油灯，我们本想出站，却反经过一条夹道走进了那普通待车室，在昏迷的灯光下辨认出一屋子黑魆魆的人群，那景象我再也忘不了，尤其是那气味！悲悯心禁止我尽情地描写；丹德假如到此地来过他的地狱里一定另添一番色彩！

对面街上有一个山东人开着一家小烟铺，他说，他来二十年，积下的钱还不够他回家。

（五） 俄国人的生活我还是懂不得。店铺子窗户里放着的各式物品是容易认识的，但管铺子做生意的那个人，头上戴着厚毡帽，脸上满长着黄色的细毛，是一个不可捉摸的生灵；拉车的马甚至那奇形的雪橇是可以领会的，但那赶车的紧裹在他那异样的袍服里，一只戴皮套的手扬着

---

① 即伊尔库茨克。

一根古旧的皮鞭，是一个不可思议的现象。

我怎样来形容西伯利亚天然的美景？气氛是晶澈的，天气澄爽时的天蓝是我们在灰沙里过日子的所不能想象的异景。森林是这里的特色：连绵，深厚，严肃，有宗教的意味。西伯利亚的林木都是直干的；不论是松，是白杨，是青松或是灌木类的矮树丛，每株树的尖顶总是正对着天心。白杨林最多，像是带旗帜的军队，各式的军徽奕奕地闪亮着；兵士们屏息地排列着，仿佛等候什么严肃的命令。松树林也多茂盛的：干子不大，也不高，像是稚松，但长得极匀净，像是园丁早晚修饰的盆景。不错，这些树的倔强的不曲性是西伯利亚，或许是俄罗斯，最明显的特性。

——我窗外的景色极美，夕阳正从西北方斜照过来，天空，嫩蓝色的，是轻敷着一层纤薄的云气，平望去都是齐整的树林，严青的松，白亮的杨，浅棕的笔竖的青松——在这雪白的平原上形成一幅彩色的融和静景。树林的顶尖尤其是美，它们在这肃静的晚景中正像是无数寺院的尖阁，排列着对高高的蓝天默祷。在这无边的雪地里有时也看得见住人的小屋，普通是木板造屋顶铺瓦颇像中国房子，但也有黄或红色砖砌的。人迹是难得看见的；这全部风景的情调是静极了，缄默极了，倒像是一切动性的事物在这里是不应得有位置的；你有时也看得见迟钝的牲口在雪地的走道上慢慢地动着，但这也不像是有生活的记认……

八　莫斯科

啊，莫斯科！曾经多少变乱的大城！罗马是一个破烂的旧梦，爱寻梦的你去；纽约是 Mammon[①] 的宫阙，拜金钱的你去；巴黎是一个肉艳的大坑，爱荒淫的你去；伦敦是一个煤烟的市场，慕文明的你去。但莫斯科？这里没有光荣的古迹，有的是血污的近迹；这里没有繁华的幻景，有的是斑驳的寺院；这里没有和暖的阳光，有的是泥泞的市街；这里没有人道的喜色，有的是伟大的恐怖与黑暗，惨酷，虚无的暗示。暗森森的雀山，你站着；半冻的莫斯科河，你流着。在前二十个世纪的漫游中，莫斯科，是领

① 即财富。

路的南针；在未来文明变化的历程中，莫斯科是时代的象征。古罗马的牌坊是在残缺的简页中，是在破碎的乱石间；未来莫斯科的牌坊是在文明的骸骨间，是在人类鲜艳的血肉间。莫斯科，集中你那伟大的破坏的天才，一手拿着火种，一手拿着杀人的刀，趁早完成你的工作，好叫千百年后奴性的人类的子孙，多多地来，不断地来，像他们现在去罗马一样，到这暗森森的雀山的边沿，朝拜你的牌坊，纪念你的劳工，讴歌你的不朽！

这是我第一天到莫斯科在 Kremlin[①] 周围散步时心头涌起杂感的一斑，那天车到时是早上六时，上一天路过的森林，大概在 Vladimir[②] 一带，多半是叫几年来战争摧残了的，几百年的古松只存下烧毁或剔残的余骸纵横在雪地里，这底下更不知掩盖多少残毁的人体，冻结着多少鲜红的热血，沟堑也有可辨认的，虽则不甚分明，多谢这年年的白雪，它来填平地上的丘壑，掩护人类的暴迹，省得伤感派的词客多费推敲，但这点子战场的痕迹，引起过路人惊心

① 即克里姆林宫。
② 即弗拉基米尔市。

的标记，在将到莫斯科以前的确是一个切题的引子，你一路来穿度这西伯利亚白茫茫人迹稀有的广漠，偶尔在这里那里看到俄国人的生活，艰难、缄默、忍耐的生活；你也看了这边地势的特性，贝加尔湖边雄踞的山岭，乌拉尔东西博大的严肃的森林，你也尝着了这里空气异常凛洌与尖锐，像钢丝似的直透你的气管，逼迫你的清醒——你的思想应得已经受一番有力的洗刷，你的神经受一种新奇的刺激，你从贵国带来的灵性，叫怠惰、苟且、顽固、龌龊，与种种堕落的习惯束缚，压迫，淤塞住的，应得感受一些解放的动力，你的让名心、利欲、色业翳蒙了的眸子也应得觉着一点新来的清爽，叫它们睁开一些，张大一些，前途有得看，应得看的东西多着，即使不是你灵魂绝对的滋养，至少是一帖兴奋剂，防瞌睡的强烈性注射！

因此警醒！你的心，开张！你的眼——你到了俄国，你到了莫斯科，这巴尔的克海以东，白令峡以西，北冰洋以南，尼也帕河以北千万里雪盖的地圈内一座着火的血红的大城！

我真笨，没有到以前，我竟以为莫斯科是一个完全新起的城子，我以为亚力山大烧拿破仑那一把火竟花上了整个莫斯科的大本钱，连 Kremlin（皇城）都乌焦了的，你们都知道拿破仑想到莫斯科去吃冰淇淋那一段热闹的故事，俄国人知道他会打，他们就躲着不给他打，一直诱着他深入俄境，最后给他一个空城，回头等他在 Kremlin 躺下了休息的时候，就给他放火，东边一把，西边一把，闹着玩，不但不请冰淇淋吃，连他带去的巴黎饼干，人吃的，马吃的，都给烧一个精光，一面天公也跟他作对，北风一层层地吹来，雪花一片片地飞来，拿翁知道不妙，连忙下令退兵已经太迟，逃到了 Beresina 那地方，叫哥萨克的丈八蛇矛“劫杀横来”，几十万的常胜军叫他们切菜似的留不到几个，就只浑身烂污泥的法兰西大皇帝忙里捞着一匹马冲出了战场逃回家去半夜里叫门，可怜 Beresina 河两岸的冤鬼到如今还在那里唏嘘，这笔糊涂账无从算起的了！

但我在这里重提这些旧话，并不是怕你们忘记了拿破仑，我只是提醒你们俄国人的辣手，忍心破坏的天才原是他们的种性，所以拿破仑听见 Kremlin 冒烟的时候，连这残忍的魔王都跳了起来——“什么？”他说，“连他们祖宗的家院都不管了！”正是，斯拉夫民族是从不稀罕小胜仗的，要来就给你一个全军覆没。

莫斯科当年并不曾全毁；不但皇城还是在着，四百年前的教堂都还在着。新房子虽则不少，但这城子是旧的。我此刻想起莫斯科，我的想象幻出了一个年老退伍的军人，战阵的暴烈已经在他年纪里消隐，但暴烈的遗迹却还明明地在着，他颊上的刃创，他颈边的枪瘢，他的空虚的注视，他的倔强的髭须，都暗示他曾经的生活；他的衣服也是不整齐的，但这衣着的破碎也仿佛是他人格的一部，石上的苍苔似的，斑驳的颜色已经染蚀了岩块本体。在这苍老的莫斯科城内，竟不易看出新生命的消息——也许就只那新起的白宫，屋顶上飘扬着鲜艳的红旗，在赭黄、苍老的Kremlin城围里闪亮着的，会引起你的注意与疑问，疑问这新来的色彩竟然大胆地侵占了古迹的中心，扰乱原来的调谐。这决不是偶然，旅行人！快些擦净你风尘眯倦了的一双眼，仔细地来看看，竟许那看来平静的旧城子底下，全是炸裂性的火种，留神！回头地壳都烂成齑粉，慢说地面上的文明！

其实真到炸的时候，谁也躲不了，除非你趁早带了宝眷逃火星上面去——但火星本身炸不炸也还是问题。这几分钟内大概药线还不至于到根，我们也来赶早，不是逃，赶早来多看看这看不厌的地面。那天早上我一个人在那大教寺的平台上初次瞭望莫斯科，脚下全是滑溜的冻雪，真不易走路，我闪了一两次，但是上帝受赞美，那莫斯科河两岸的景色真是我不期望的眼福，要不是那石台上要命的滑，我早已惊喜得高跳起来！方向我是素来不知道的，我只猜想莫斯科河是东西流的，但那早上又没有太阳，所以我连东西都辨不清，我很可惜不曾上雀山去，学拿破仑当年，回头望冻雪笼罩着的莫斯科，一定别有一番气概。但我那天看着的也就不坏，留着雀山下一次再去，也许还来得及，在北京的朋友们，你们也趁早多去景山或是北海饱看我们独有的“黄瓦连云”的禁城，那也是一个大观，在现在脆性的世界上，今日不知明日事，“趁早”这句话真有道理，回头北京变了第二个圆明园，你们软心肠的再到东交民巷去访着色相片，老皱着眉头说不成，那不是活该！

如其北京的体面完全是靠皇帝，莫斯科的体面大半是靠上帝。你们见过希腊教的建筑没有？在中国恐怕就只哈尔滨有。那建筑的特色是中间一个大葫芦顶，有着色的，蓝的多，但大多数是金色，四角上又是四个小葫芦顶，大小的比例很不一致，有的小得不成样，有的与中间那个不差什么。有的花饰繁复，受东罗马建筑的影响，但也有纯白石造的，上面一个巨大的金顶比如那大教堂，别有一种朴素的庄严。但最奇巧的是皇城外面那个有名的老教堂，大约是十六世纪完工的；那样子奇极了，你看了永远忘不了，像是做了最古怪的梦；基子并不大，那是俄国皇家做礼拜的地方，所以那面供奉与祈祷的位置也是逼仄的；顶一共有十个，排列的程序我不曾看清楚，各个的格式与着色都不同：有的像我们南边的十楞瓜；有的像岳传里严成方手里拿的铜锤；有的活像一只波罗蜜，竖在那里；有的像一圈火蛇，一个光头探在上面；有的像隋唐传里单二哥的兵器，叫什么枣方槊是不是？总之那一堆光怪的颜色，那一堆离奇的式样，我不但从没有见过，简直连梦里都不曾见过——谁想得到波罗蜜、枣方槊都会跑到礼拜堂顶上去的！

莫斯科像一个蜂窝，大小的教堂是它的蜂房；全城共有六百多（有说八百）的教堂，说来你也不信，纽约城里一个街角上至少有一家冰淇淋沙达店，莫斯科的冰淇淋沙达店是教堂，有的真神气，戴着真金的顶子在半空里卖弄；有的真寒碜，一两间小屋子一个烂芋头似的尖顶，挤在两间壁几层屋子的中间，气都喘不过来。据说革命以来，俄国的宗教大吃亏。这几年不但新的没法造，旧的都没法修，那波罗蜜做顶那教堂里的教士，隐约地讲些给我们听，神情怪凄惨的。这情形中国人看真想不通，宗教会得那样有销路，仿佛祷告比吃饭还起劲，做礼拜比做面包还重要；到我们绍兴去看看——“五家三酒店，十步九茅坑”，庙也有的，在市梢头，在山顶上，到初一月半再去不迟——那是何等的近人情，生活何等的有分称，东西的人生观这一比可差得太远了！

再回到那天早上，初次观光莫斯科，不曾开冻的莫斯科河上面盖着雪，一条玉带似的横在我的脚下，河面上有不少的乌鸦在那里寻食吃。莫斯科的乌鸦背上是灰色的，嘴与头颈也不像平常的那样贫相，我先看竟当是斑鸠！皇城在我的左边，默沉沉地包围着不少雄伟的工程，角上塔形的瞭望台上隐隐的有重裹的卫兵巡哨的影子，塔不高，但有一种监视的威严，颜色更是苍老，像是深赭色的火砖，它仿佛告诉你："我们是不怕光阴，更不怕人事变迁的，拿破仑早去了，罗曼诺夫家完了，可仑斯基跑了，列宁死了，时间的流波里多添一层血影，我的墙上加深一层苍老。我是不怕老的。你们人类抵拼再流几次热血？"我的右首就是那大金顶的教寺，隔河望去竟像是一只盛开的荷花池，葫芦顶是莲花，高梗的，低梗的，浓艳的，澹素的，轩昂的，葳蕤的——就可惜阳光不肯出来，否则那满池的金莲更加亮重光辉，多放一重异彩，恐怕西王母见了都会羡慕哩！

五月二十六日翡冷翠山中

九　契诃夫的墓园

诗人们在这喧哗的市街上不能不感寂寞；因此“伤时”是他们怨愫的发泄，“吊古”是他们柔情的寄托。但“伤时”是感情直接的反动：子规的清啼容易转成夜鸮的急调，吊古却是情绪自然的流露，想象已往的韶光，藉心灵的幽独。在墓墟间，在晚风中，在山一边，在水一角，慕古人情，怀旧光华；像是朵朵出岫的白云，轻沾斜阳的彩色，冉冉地卷，款款地舒，风动时动，风止时止。

吊古便不得不憬悟光阴的实在；随你想象它是汹涌的洪潮，想象它是缓渐的流水，想象它是倒悬的急湍，想象它是足迹的尾闾，只要你见到它那水花里隐现着的骸骨，你就认识它那无顾恋的冷酷，它那无限量的破坏的馋欲：桑田变沧海，红粉变骷髅，青梗变枯柴，帝国变迷梦，梦变烟，火变灰，石变砂，玫瑰变泥，一切的纷争消纳在无声的墓窟里……那时间人的来踪与去迹，它那色调与波纹，便如夕照晚霞中的山岭融成了青紫一片，是丘是壑，是林是谷，不再分明，但它那大体的轮廓却亭亭地刻画在天边，给你一个最清切的辨认。这一辨认就相联地唤起了疑问：人生究竟是什么？你得加下你的按语，你得表示你的“观”。陶渊明说大家在这一条水里浮沉，总有一天浸没在里面，让我今天趁南山风色好，多种一棵菊花，多喝一杯甜酒；李太白、苏东坡、陆放翁都回响说不错，我们的“观”就在这酒杯里。《古诗十九首》说这一生一扯即过，不过也得过，想长生的是傻子，抓住这现在的现在尽量地享福寻快乐是真的——“不如饮美酒，被服纨与素”。曹子建望着火烧了的洛阳，免不得动感情；他对着渺渺的人生也是绝望——“转蓬离本根，飘飘随长风。何意回飙举，吹我入云中。高高上无极，天路安可穷”。光阴悠悠的神秘警觉了陈元龙：人们在世上都是无俦伴的独客，各个，在他觉悟时都是寂寞的灵魂。庄子也没奈何这悠悠的光阴，他借重一个调侃的骷髅，设想另一个宇宙，那边生的进行不再受时间的限制。

所以吊古——尤其是上坟——是中国文人的一个癖好。这癖好想是遗传的；因为就我自己说，不仅每到一处地方爱去郊外冷落处寻墓园消遣，那坟墓的意象竟仿佛在我每一个思想的后背阑着——单这馒形的一块黄土在我就有无穷的意趣——更无须蔓草、凉风、白杨、青磷等等的附带。坟的意象与死的概念当然不能差离多远，但在我坟与死的关系却并不密切：死仿佛有附着或有实质的一个现象，坟墓只是一个美丽的虚无，在这静定的意境里，光阴仿佛止息了波动，你自己的思感收敛了震悸，那时你的性灵便可感到最纯净的慰安，你再不要什么。还有一个原因为什么我不爱想死为死的对象就是最恼人不过的生，死只是中止生，不是解决生，更不是消灭生，只是增剧生的复杂，并不清理它的纠纷。坟的意象却不暗示你什么对举或比称的实体，它没有远亲，也没有近邻，它只是它，包含一切，覆盖一切，调融一切的一个美的虚无。

我这次到欧洲来倒像是专做清明来的；我不仅上知名的或与我有关系的坟（在莫斯科上契诃夫、克鲁泡德金的坟；在柏林上我自己儿子的坟；在枫丹白露上曼殊斐儿的坟；在巴黎上茶花女、哈哀内的坟；上菩特莱《恶之花》的坟；上凡尔泰、卢骚、嚣俄的坟；在罗马上雪莱、基茨的坟；在翡冷翠上勃朗宁太太的坟，上密仡郎其罗、梅迪启家的坟；日内到 Ravenna 去还得上丹德的坟；到 Assisi 上法兰西士的坟；到 Mautua 上浮吉尔 Virgil 的坟），我每过不知名的墓园也往往进去流连，那时情绪不定是伤悲，不定是感触，有风听风，在块块的墓碑间且自徘徊，待斜阳淡了再计较回家。

你们下回到莫斯科去，不要贪看列宁！反而忘却一个真值得去的好所在——那是在雀山山脚下的一座有名的墓园，原先是贵族埋葬的地方，但契诃夫的三代与克鲁泡德金也在里面，我在莫斯科三天，过得异常的昏闷，但那一个向晚，在那噤寂的寺园里，不见了莫斯科的红尘，从容地怀古，默默地寻思，在他人许有更大的幸福，在我已经知足。那庵名像是 Monestiere Vinozositch（可译作圣贞庵），但不敢说是对的，好在容易问得。

我最不能忘情的坟山是日中神户山上专葬僧尼那地方，一因它是依山筑道，林荫花草是天然的；二因两侧引泉，有不绝的水声；三因地位高亢，望见海湾与对岸山岛。我最不喜欢的巴黎 Montmartre 的那个墓园，虽则有茶花女的芳邻我还是不愿意，因为它四周是市街，架空又是一架走电车的大桥，什么清宁的意致都叫那些机轮轧成了断片，我是立定主意不去的；罗马雪莱、基茨的坟场也算是不错，但这留着以后再讲；莫斯科的圣贞庵，是应得赞美的，但躺到那边去的机会似乎不多！

那圣贞庵本身是白石的，葫芦顶是金的，旁边有一个极美的钟塔，红色的，方的，异常的鲜艳，远望这三色——白、金、红——的配置，极有风趣；墓碑与坟亭密密地在这塔影下散布着，我去的那天正当傍晚，地下的雪一半化了水，不穿胶皮套鞋是不能走的；电车直到庵前，后背望去的森林山便是拿破仑退兵时曾经回望的雀山，庵门内的空气先就不同，常青的树荫间，雪铺的地里，悄悄地屏息着各式的墓碑：青石的平台，镂像的长碣；嵌金的塔，中空的享亭，有高踞的，有低伏的，有雕饰繁复的，有平易的。但它们表示的意思却只是极简单的一个，古诗说的："下有陈死人，杳杳即长暮。潜寐黄泉下，千载永不寤。"

我们向前走不久便发现了一个颇堪惊心的事实：有不少极庄严的碑碣倒在地上的，有好几处坚致的石栏与铁栏打毁了的。你们记得在这里埋着的贵族居多，近几年来风水转了，贵族最吃苦，幸而不毁，也不免亡命，阶级的怨毒在这墓园里都留下了痕迹——楚平王死得快还是逃不了尸体受刑——虽则有标记与无标记，有祭扫与无祭扫，究竟关不关这底下陈死人的痛痒，还是不可知的一件事。但对于重视虚荣心的活人，这类示威的手段却是一个警告。

我们摸索了半天，不曾寻着契诃夫。我的朋友上那边问去了，我在一个转角站等着，那时候忽地眼前一亮（那天本是阴沉），夕阳也不知从哪边过来，正照着金顶与红塔，打成一片不可信的辉煌；你们没见过大金顶的不易想象它那回光的力量，平常玻璃窗上的反光已够你耀眼的，何况偌大一个纯金的圆穹，我不由得不感谢那建筑家的高见，我看了《西游记》《封神传》渴慕的金光神霞，到这里见着了！更有那秀挺的绯红的高塔也在这俄顷间变成了粲花摇曳的长虹，仿佛脱离了地面，将要凌空飞去。

契诃夫的墓上（他父亲与他并肩）只是一块瓷青色的

石碑，刻着他的名字与生死的年份，有铁栏围着，栏内半化的雪里有几瓣小青叶，旁边树上吊下去的，在那里微微地转动。

我独自倚着铁栏，沉思契诃夫今天要是在这他不知怎样；他是最爱“幽默”，自己也是最有谐趣的一位先生。他的太太告诉我们他临死的时候还要她讲笑话给他听，有幽默的人是不易做感情的奴隶的。但今天世界的情形，他要是看了还能笑否，还能拿着他的灵活的笔继续写他灵活的小说否？……我正想着，一阵异样的声浪从园的那一角传过来打断了我的盘算，那声音在中国是听惯了的，但到欧洲是不提防的。我转过去看时有一位黑衣的太太站在一个坟前，她旁边一个服装古怪的牧师（像我们的游方和尚）高声念着经咒，在晚色团聚时，在森森的墓门间，听着那异样的音调（语尾漫长向上曳作顿），你知道那怪调是念给墓中人听的，这一想毛发间就起了作用，仿佛底下的一大群全爬了上来在你的周围站着倾听似的，同时钟声响动。那边庵门开了，门前亮着一星的油灯，里面出来成行列的尼僧，向另一屋子走去，一体的黑衣黑兜，悄悄地在雪地里走去……

克鲁泡德金的坟在后园，只一块扁平的白石，指示这伟大灵魂遗蜕的歇处，看着颇觉凄惘。关门铃已摇过，我们又得回红尘去了。

徐志摩翡冷翠山中一九二五年五月二十九日

“话”

绝对的值得一听的话，是从不曾经人口说过的；比较的值得一听的话，都在偶然的低声细语中；相对的不值得一听的话，是有规律有组织的文字结构；绝对不值得一听的话，是用不经修炼，又粗又蠢的嗓音所发表的语言。比如：正式集会的演说，不论是运动女子参政或是宣传色彩鲜明的主义；学校里讲台上的演讲，不论是山西乡村里训阎阉圣人用民主主义的冬烘先生的法宝，或是穿了前红后白道袍方巾的博士衣的瞎扯；或是充满了烟士披里纯开口天父闭口阿门的讲道——都是属于我所说的最后的一类；都是无条件的根本的绝对的不值得一听的话。历代传下来的经典，大部分的文学书，小部分的哲学书，都是末了第二类——相对的不值得一听的话。至于相对的可听的话，我说大概都在偶然的低声细语中。例如真诗人梦境最深——诗人们除了做梦再没有正当的职业——神魂还在祥云缥缈之间那时候随意吐露出来的零句断片，英国大诗人宛茨渥士所谓在茶壶煮沸时嗤嗤的微音，最可以象征入神的诗境——例如李太白的，“我醉欲眠卿且去，明朝有意抱琴来”，或是开茨的“Then I shut her wild，wild eyes with kisses four”，你们知道宛茨渥士和雪莱他们不朽的诗歌，大都是在田野间，海滩边，树林里，独自徘徊着像离魂病似的自言自语的成绩；法国的波特莱亚、凡尔仑他们精美无比妙句，很多是受了烈性的麻醉剂——大麻或是鸦片——影响的结果。这种话比较的很值得一听。还有青年男女初次受了顽皮的小爱神箭伤以后，心跳肉颤面红耳赤地在花荫间，在课室内，或在月凉如洗的墓园里，含着一包眼泪吞吐出来的——不问怎样的不成片段，怎样的违反文法——往往都是一颗颗稀有的珍珠，真情真理的凝晶。但诸君要听明白了，我说值得一听的话大都是在偶然的低声和语中，不是说凡是低声和语都值得一听的，要不然外交厅屏风后的交头接耳，家里太太月底月初枕头边的小啰唆，都有了诗的价值了！

绝对的值得一听的话，是从不曾经人口道过的。整个的宇宙，只是不断地创造；所有的生命，只是个性的表现。真消息，真意义，内蕴在万物的本质里，好像一条大河，网络似的支流，随地形的结构，四方错综着，由大而小，由小而微，由微而隐，由有形至无形，由可数至无限。但这看来极复杂的组织所表明的只是一个单纯的意义，所表现的只是一体活泼的精神；这精神是完全的，整个的，实在的；唯其因为是完全整个实在而我们人的心力智力所能运用的语言文字，只是不完全非整个的，模拟的，象征的工具，所以人类几千年来文化的成绩，也只是想猜透这大迷谜似是而非的各种的尝试。人是好奇的动物；我们的心智，便是好奇心活动的表现。这心智的好奇性便是知识的起源。一部知识史，只是历尽了九九八十一大难却始终没有望见极乐世界求到大藏真经的一部《西游记》。说是快乐吧，明明是劫难相承的苦恼，苦恼中又分明有无限的安慰。我们各个人的一生便是人类全史的缩小，虽则不敢说我们都是寻求真理的合格者，但至少我们的胸中，在现在生命的出发时期，总应该培养一点寻求真理的诚心，点起一盏寻求真理的明灯，不至于在生命的道上只是暗中摸索，不至于盲目地走到了生命的尽头，什么发现都没有。

但虽则真消息与真意义是不可以人类智力所能运用的工具——就是语言文字——来完全表现，同时我们又感觉内心寻真求知的冲动，想侦探出这伟大的秘密，想把宇宙与人生的究竟，当作一朵盛开的大红玫瑰，一把抓在手掌中心，狠劲地紧挤，把花的色、香、灵肉，和我们自己爱美、爱色、爱香的烈情，搅和在一起，实现一个彻底的痛快；我们初上生命和知识舞台的人，谁没有，也许多少深浅不同，浮士德的大野心，他想 discover the force that binds the world and guides its course，谁不想在知识界里，做一个垄断一切的拿破仑？这种想为王为霸的雄心，都是生命原力内动的征象，也是所有的大诗人、大艺术家最后成功的预兆；我们的问题就在怎样能替这一腔还在潜伏状态中的活泼的蓬勃的心力心能，开辟一条或几条可以尽情发展的方向，使这一盏心灵的神灯，一度点着以后，不但继续有燃料的供给，而且能在狂风暴雨的境地里，益发的光焰神明；使这初出山的流泉，渐地汇成活泼的小涧，沿路再并合了四方来汇的支流，虽则初起经过崎岖的山路，不免辛苦，但一到了平原，便可以放怀地奔流，成口成江，自有无限的前途了。

真伟大的消息都蕴伏在万事万物的本体里，要听真值得一听的话，只有请来两位最伟大的先生。

现放在我们面前的两位大教授，不是别的，就是生活本体与大自然。生命的现象，就是一个伟大不过的神秘；墙角的草兰，岩石上的苔藓，北洋冰天雪地里的极熊水獭，城河边呱呱叫夜的水蛙，赤道上火焰似的沙漠里的爬虫，乃至于弥漫在大气中的微菌，大海底最微妙的生物；总之太阳热照到或能透到的地域，就有生命现象，我们若然再看深一层，不必有菩萨的慧眼，也不必有神秘诗人的直觉，但凭科学的常识，便可以知道这整个的宇宙，只是一团活泼的呼吸，一体普遍的生命，一个奥妙灵动的整体。一块极粗极丑的石子，看来像是全无意义毫无生命，但在显微镜底下看时，你就在这又粗又丑的石块里，发现一个神奇的宇宙，因为你那时所见的，只是千变万化颜色花样各自不同的种种结晶体，组成艺术家所不能想象的一种排列；若然再进一层研究，这无量数的凝晶各个的本体，又是无量数更神奇不可思议的电子所组成：这里面又是一个Cosmos，仿佛灿烂的星空，无量数的星球同时在放光辉在自由地呼吸着。

但我们决不可以为单凭科学的进步就能看破宇宙结构的秘密，这是不可能的。我们打开了一处知识的门，无非又发现更多还是关得紧紧的；猜中了一个小迷谜，无非从这猜中里又引出一个更大更难猜的迷谜；爬上了一个山峰，无非又发现前面还有更高更远的山峰。

这无穷尽性便是生命与宇宙的通性。知识的寻求固然不能到底，生命的感觉也有同样无限的境界。我们在地面上做人这场把戏里，虽则是刹那间的幻象，却是有的是好玩，只怕我们的精力不够，不会学得怎样玩法，不怕没有相当的趣味与报酬。

所以重要的在于养成与保持一个活泼无碍的心灵境地，利用天赋的身与心的能力，自觉地尽量发展生活的可能性。活泼无碍的心灵境界比如一张绷紧的弦琴，挂在松林的中间，感受大气小大快慢的动荡，发出高低缓急同情的音调。

我们不是最爱自由最恶奴从？但我们向生命的前途看时，恐怕不易使我们乐观，除我们一点无形无踪的心灵以外，种种的势力只是强迫我们做奴隶的势力，种种对人的心与责任，社会的习惯，机械的教育，沾染的偏见，都像沙漠的狂风一样，卷起满天的沙土，不时可以把我们可怜的旅行人整个儿给埋了！

这就是宗教家出世主义的大原因，但出世者所能实现的至多无非是消极的自由，我们所要的却不止此。我们明知向前是奋斗，但我们却不肯做逃兵，我们情愿将所有的精液，一齐发泄成奋斗的汗，与奋斗的血，只要能得最后的胜利，那时尽量的痛苦便是尽量的快乐。我们果然有从生命的现象与事实里，体验到生命的实在与意义；能从自然界的现象与事实里，领会到造化的实在与意义，那时随我们付多大的价钱，也是值得的了。

要使生命成为自觉的生活，不是机械的生存，是我们的理想。要从我们的日常经验里，得到培保心灵扩大人格的滋养，是我们的理想。要使我们的心灵，不但消极地不受外物的拘束与压迫，并且永远在继续地自动、趋向创作、活泼无碍的境界，是我们的理想。使人们的精神生活，取得不可否认的实在，使我们生命的自觉心，像大雪天滚雪球一般的愈滚愈大，不但在生活里能同化极伟大、极深沉与极隐奥的情感，并且能领悟到大自然一草一木的精神，是我们的理想。使天赋我们灵肉两部的势力，尽性地发展，趋向最后的平衡与和谐，是我们的理想。

理想就是我们的信仰，努力的标准，果然我们能连用想象力为我们自己悬拟一个理想的人格，同时运用理智的机能，认定了目标努力去实现那理想，那时我们奋斗的历程中，一定可以得到加倍的勇气，遇见了困难，也不至于失望，因为明知是题中应有的文章。我们的立身行事，也不必迁就社会已成的习惯与法律的范围，而自能折中于超出寻常所谓善恶的一种更高的道德标准；我们那时便可以借用李太白当时躲在山里自得其乐时答复俗客的妙句，落花流水杳然去，别有天地非人间！

我们也明知这不是可以偶然做到的境界；但问题是在我们能否见到这境界，大多数人只是不黑不白地生，不黑不白地死，耗费了不少的食料与饮料，耗费了不少的时间与空间，结果连自己的臭皮囊都收拾不了，还要连累旁人；能见到的人已经很少，见到而能尽力去做的人当然更少，但这极少数人却是文化的创造者，便能在梁任公先生说的那把宜兴茶壶里留一些不磨的痕迹。

我个人也许见言太偏僻了，但我实在不敢信人为的教育，他动的训练，能有多大价值；我最初最后的一句话只是“自身体验去”，真学问真知识绝不是在教室中书本上你所能求得的。

大自然才是一大本绝妙的奇书，每张上都写有无穷无尽的意义，我们只要学会了研究这一大本书的方法，多少能够了解它内容的奥义，我们的精神生活就不怕没有滋养，我们理想的人格就不怕没有基础。但这本无字的天书，绝不是没有相当的准备就能一目了然的；我们初识字的时候，打开书本子来，只见白纸上书的许多黑影，哪里懂得什么意义。我们现有的道德教育里哪一条训条，我们不能在自然界感到更深切的意味，更亲切的解释？每天太阳从东方的地平上升，渐渐地放光，渐渐地放彩，渐渐地驱散了黑夜，扫荡了满天沉闷的云雾，霎刻间临照四方，光满大地，这是何等的景象？夏夜的星空，张着无量数光芒闪烁的神眼，衬出浩渺无极的苍穹，这是何等的伟大景象？大海的涛声不住地在呼啸起落，这是何等伟大奥妙的景象？高山顶上一体的纯白，不见一些杂色，只有天气飞舞着，云彩变幻着，这又是何等高尚纯粹的景象？小而言之，就是地上一棵极贱的草花，它在春风与艳阳中摇曳着，自有一种庄严愉快的神情，无怪诗人见了，甚至内感“非涕泪所能宣泄的情绪”。宛茨渥士说的自然“大力回容，有镇驯矫饬之功”，这是我们的真教育。但自然最大的教训，尤在“凡物各尽其性”的现象。玫瑰是玫瑰，海棠是海棠，鱼是鱼，鸟是鸟，野草是野草，流水是流水；各有各的特性，各有各的效用，各有各的意义。仔细地观察与悉心体会的结果，不由你不感觉万物造作之神奇，不由你不相信万物的底里是有一致的精神流贯其间，宇宙是合理的组织，人生也无非这大系统的一个关节。因此我们也感想到人类也许是最无出息的一类。一茎草有它的妩媚，一块石子也有它的特点，独有人反只是庸生庸死，大多数非但终身不能发挥他们可能的个性，而且遗下或是丑陋或是罪恶一类不洁净的踪迹，这难道也是造物主的本意吗？

我前面说过所有的生命只是个性的表现。只要在有生的期间内，将天赋可能的个性尽量地实现，就是造化旨意的完成。我这几天在留心我们馆里的月季花，看它们结苞，看它们开放，看它们逐渐地盛开，看它们逐渐憔悴，逐渐地零落。我初动的感情觉得是可悲，何以美的幻象这样的易灭，但转念却觉得不但不必为花悲，而且感悟了自然生生不已的妙意。花的责任，就在集中它春来所吸受阳光雨露的精神，开成色香两绝的好花，精力完了便自落地成泥，功德圆满，明年再来过。只有不自然地被摧残了，不能实现它自傲色香的一两天，那才是可伤的耗费。

不自然地杀灭了发长的机会，才是可惜，才是违反天意。我们青年人应该时时刻刻地把这个原则放在心里，不能在我生命实现人之所以为人，我对不起自己。在为人的生活里不能实现我之所以为我，我对不起生命。这个原则我们也应该时时放在心里。

我们人类最大的幸福与权力，就是在生活里有相当的自由活动，我们可以自觉地调剂、整理、修饰、训练我们生活的态度，我们既然了解了生活只是个性的表现，只是一种艺术，就应得利用这一点特权将生活看作艺术品，谨慎小心地做去，命运论我们是不相信的，但就是相面算命先生也还承认心有改相致命的力量。环境论的一部分我们不得不承认，但是心灵支配环境的可能，至少也与环境支配生活的可能相等，除非我们自愿让物质的势力整个儿扑灭了心灵的发展，那才是生活里最大的悲惨。

我们的一生不成才不碍事，才是有用的意思；不成器也不碍事，器也是有用的意思。生活却不可不成品，不成格，品格就是个性的外现，是对于生命本体，不是对于其余的标准，例如社会家庭——直接担负的责任；橡树不是榆树，翠鸟不是鸽子，各有各的特异的品格。在造化的观点看来，橡树不是为柜子衣架而生，鸽子也不是为我们爱吃五香鸽子而存，这是它们偶然的用或被利用，物之所以为物的本义是在实现它天赋的品性，实现内部精力所要求的特异的格调。我们生命里所包含的活力，也不问你在世上做将，做相，做资本家，做劳动者，做国会议员，做大学教授，而只要求一种特异品格的表现，独一的，自成一体的，不可以第二类相比称的，犹之一树上没有两张绝对相同的叶子，我们四百万万人里也没有两个相同的鼻子。

而要实现我们真纯的个性，绝不是仅仅在外表的行为上务为新奇务为怪僻——这是变性不是个性——真纯的个性是心灵的权力能够统制与调和身体，理智、情感、精神，种种造成人格的机能以后自然流露的状态，在内不受外物的障碍，像分光镜似的灵敏，不论是地下的泥沙，不论是远在万里外的星辰，只要光路一对准，就能分出它光浪的特性；一次经验便是一次发明，因为是新的结合，新的变化。有了这样的内心生活，发之于外，当然能超于人为的条例而能与更深奥却更实在的自然规律相呼应，当然能实现一种特异的品与格，当然能在这大自然的系统里尽他的特异的贡献，证明他自身的价值。懂了物各尽其性的意义再来观察宇宙的事物，实在没有一件东西不是美的，一叶一花是美的不必说，就是毒性的虫，比如蝎子，比如蚂蚁，都是美的。只有人，造化期望最深的人，却是最辜负的，最使人失望的，因为一般的人，都是自暴自弃，非但不能尽性，而且到底总是糟蹋了原来可以为美可以为善的本质。

惭愧呀，人！好好一个可以做好文章的题目，却被你写作一篇一窍不通的滥调；好好一个画题，好好一张帆布，好好的颜色，都被你涂成奇丑不堪的滥画；好好的雕刀与花岗石，却被你斫成荒谬恶劣的怪像！好好的富有灵性的可以超脱物质与普遍的精神共化永生的生命，却被你糟蹋亵渎成了一种丑陋庸俗卑鄙龌龊的废物！

生活是艺术。我们的问题就在怎样地运用我们现成的材料，实现我们理想的作品；怎样地可以像密仡郎其罗一样，取到了一大块矿山里初开出来的白石，一眼望过去，就看出他想象中的造的像，已经整个地嵌稳着，以后只要下打开石子把他不受损伤地取了出来的功夫就是。所以我们再也不要抱怨环境不好不适宜，阻碍我们自由地发展，或是教育不好不适宜，不能奖励我们自由地发展。发展或是压灭，自由或是奴从，真生命或是苟活，成品或是无格——一切都在我们自己，全看我们在青年时期有否生命的觉悟，能否培养与保持心灵的自由，能否自觉地努力，能否把生活当作艺术，一笔不苟地做去，我所以回返重复地说明真消息、真意义、真教育绝非人口或书本子可以宣传的，只有集中了我们的灵感性直接地一面向生命本体，一面向大自然耐心去研究、体验、审察、省悟，方才可以多少了解生活的趣味与价值与它的神圣。

因为思想与意念，都起于心灵与外象的接触；创造是活动与变化的结果。真纯的思想是一种想象的实在，有它自身的品格与美，是心灵境界的彩虹，是活着的胎儿。但我们同时有智力的活动，感动于内的往往有表现于外的倾向——大画家米莱氏说深刻的印象往往自求外现，而且自然地会寻最强有力的方法来表现——结果无形的意念便化成有形可见的文字或是有声可闻的语言，但文字语言最高的功用就在能象征我们原来的意念，它的价值也止于凭借符号的外形，暗示它们所代表的当时的意念。而意念自身又无非是我们心灵的照海灯偶然照到实在的海里的一波一浪或一岛一屿，文字语言本身又是不完善的工具，再加之我们运用驾驭力的薄弱，所以文字的表现很难得是勉强可以满足的。我们随便翻开哪一本书，随便听人讲话，就可以发现各式各样的文字障碍，与语言习惯障碍，所以既然我们自己用语言文字来表现内心的现象已经至多不过勉强地适用，我们如何可以期望满心只是文字障碍与语言习惯障碍的他人，能从呆板的符号里领悟到我们一时神感的意念。佛教所以有禅宗一派，以不言传道，是很可寻味的——达摩面壁十年，就在解脱文字障碍直接明心见道的工夫。现在的所谓教育尤其是离本更远，即使教育的材料最初是有多少活的成分，但经过几度的转换，无意识的传授，只能变成死的训条——穆勒约翰说的“Dead dogma”[1]不是“Living idea”[2]，我个人所以根本不信任人为的教育能有多大的价值，对于人生少有影响不用说，就是认为灌输知识的方法，照现有的教育看来，也免不了硬而且蠢的机械性。

但反过来说，既然人生只是表现，而语言文字又是人类进化到现在比较的最适用的工具，我们明知语言文字如同政府与结婚一样是一件不可免的没奈何事，或如尼采说的是“人心的牢狱”，我们还是免不了它。我们只能想法使它增加适用性，不能抛弃了不管。我们只能做两部分的功夫：一方面消极地防止文字障碍语言习惯障碍的影响；

① Dead dogma，指死掉的教条。

② Living idea，指活着的思想。

一方面积极地体验心灵的活动，极谨慎地极严格地在我们能运用的字类里选出比较的最确切最明了最无疑义的代表。

这就是我们应该应用“自觉的努力”的一个方向。你们知道法国有个大文学家弗洛贝尔，他有一个信仰，以为一个特异的意念只有一个特异的字或字句可以表现，所以他一辈子艰苦卓绝地从事文学的日子，只是在寻求唯一适当的字句来代表唯一相当的意念。他往往不吃饭不睡，呆呆地独自坐着，绞着脑筋地想，想寻出他称心惬意的表现，有时他烦恼极了，甚至想自杀，往往想出了神，几天写不成一句句子。试想像他那样伟大的天才，那样丰富的学识，尚且要下这样的苦工，方才制成不朽的文字，我们看了的榜样不应该感动吗？

不要说下笔写，就是平常说话，我们也应有相当的用心——一句话可以泄露你心灵的浅薄，一句话可以证明你自觉的努力，一句话可以表示你思想的糊涂，一句话可以留下永久的印象。这不是说说话要漂亮，要流利，要有修辞的功夫，那都是不重要的；最重要的是对内心意念的忠实，与适当的表现。固然有了清明的思想，方能有清明的语言，但表现的忠实，与不苟且运用文字的决心，也就有纠正松懈的思想与警醒心灵的功效。

我们知道说话是表现个性极重要的方法，生活既然是一个整体的艺术，说话当然是这艺术里的重要部分。极高的功夫往往可以从极小的起点做去。我们实现生命的理想，也未始不可从注意说话做起。

海滩上种花

朋友是一种奢华。且不说酒肉势利，那是说不上朋友，真朋友是相知，但相知谈何容易，你要打开人家的心，你先得打开你自己的，你要在你的心里容纳人家的心，你先得把你的心推放到人家的心里去，这真心或真性情的相互的流转，是朋友的秘密，是朋友的快乐。但这是说你内心的力量够得到，性灵的活动有富余，可以随时开放，随时往外流，像山里的泉水，流向容得住你的同情的沟槽；有时你得冒险，你得花本钱，你得抵拼在巉岈的乱石间、触刺的草缝里耐心地寻路，那时候艰难、苦痛、消耗，实在是可能的，在你这水一般灵动、水一般柔顺的寻求同情的心能找到平安欣快以前。

我所以说朋友是奢华，“相知”是宝贝，但得拿真性情的血本去换，去拼。因此我不敢轻易说话，因为我自己知道我的来源有限，十分的谨慎尚且不时有破产的恐惧；我不能随便“花”。前天有几位小朋友来邀我跟你们讲话，他们的恳切折服了我，使我不得不从命，但是小朋友们，说也惭愧，我拿什么来给你们呢？

我最先想来对你们说些孩子话，因为你们都还是孩子。但是那孩子的我到哪里去了？仿佛昨天我还是个孩子，今天不知怎的就变了样。什么是孩子要不为一点活泼的天真，但天真就比是泥土里的嫩芽，天冷泥土硬就压住了它的生机——这年头问谁去要和暖的春风？

孩子是没了。你记得的只是一个不清切的影子，模糊得很，我这时候想起就像是一个瞎子追念他自己的容貌，一样的记不周全；他即使想急了拿一双手到脸上去印下一个模子来，那模子也是个死的。真的没了。一天在公园里见一个小朋友不提多么活泼，一忽儿上山，一忽儿爬树，一忽儿溜冰，一忽儿干草里打滚，要不然就跳着憨笑；我看着羡慕，也想学样，跟他一起玩，但是不能，我是一个大人，身上穿着长袍，心里存着体面，怕招人笑，天生的灵活换来矜持的存心——孩子，孩子是没有的了，有的只是一个年岁与教育蛀空了的躯壳，死僵僵的，不自然的。

我又想找回我们天性里的野人来对你们说话。因为野人也是接近自然的；我前几年过印度时得到极刻心的感想，那里的街道房屋以及土人的体肤容貌，生活的习惯，虽则简，虽则陋，虽则夸张，却处处与大自然——上面碧蓝的天、火热的阳光，地下焦黄的泥土、高矗的椰树——相调谐。情调、色彩、结构，看来有一种意义的一致，就比是一件完美的艺术的作品。也不知怎的，那天看了他们的街，街上的牛车，赶车的老头露着他的赤光的头颅与紫姜色的圆肚，他们的庙，庙里的圣像与神座前的花，我心里只是不自在，就仿佛这情景是一个熟悉的声音的叫唤，叫你去跟着他，你的灵魂也何尝不活跳跳地想答应一声“好，我来了”，但是不能，又有碍路的挡着你，不许你回复这叫唤声启示给你的自由。困着你的是你的教育；我那时的难受就比是一条蛇摆脱不了困住它的一个硬性的外壳——野人也给压住了，永远出不来。

所以今天站在你们上面的我不再是融会自然的野人，也不是天机活灵的孩子；我只是一个“文明人”，我能说的只是“文明话”。但什么是文明或是堕落？文明人的心里只是种种虚荣的念头，他到处忙不算，到处都得计较成败。我怎么能对着你们不感觉惭愧？不了解自然不仅是我的心，我的话也是的。并且我即使有话说也没法表现，即使有思想也不能使你们了解；内里那点子性灵就比是在一座石壁里牢牢地砌住，一丝光亮都不透，就凭这双眼望见你们，但有什么法子可以传达我的意思给你们，我已经忘却了原来的语言，还有什么话可说的？

但我的小朋友们还是逼着我来说谎（没有话说而勉强说话便是谎）。知识，我不能给；要知识你们得请教教育家去，我这里是没有的。智慧，更没有了；智慧是地狱里的花果，能进地狱更能出地狱的才采得着智慧，不去地狱的便没有智慧——我是没有的。

我正发窘的时候，来了一个救星——就是我手里这一小幅画，等我来讲道理给你们听。这张画是我的拜年片，一个朋友替我制的。你们看这个小子在海边沙滩上独自地玩，赤脚穿着草鞋，右手提着一枝花，使劲把它往沙里栽，左手提着一把浇花的水壶，壶里水点一滴滴地往下掉着。

离着小孩不远看得见海里翻动着的波澜。

你们看出了这画的意思没有？

在海沙里种花。在海沙里种花！那小孩这一番种花的热心怕是白费的了。沙碛是养不活鲜花的，这几点淡水是不能帮忙的；也许等不到小孩转身，这一朵小花已经支不住阳光的逼迫，就得交卸它有限的生命，枯萎了去。况且那海水的浪头也快打过来了，海浪冲来时不说这朵小小的花，就是大根的树也怕站不住——所以这花落在海边上是绝望的了，小孩这番力量准是白花的了。

你们一定能明白这个意思。我的朋友是很聪明的，他拿这画意来比我们一群呆子，乐意在白天里做梦的呆子，满心想在海沙里种花的傻子。画里的小孩拿着有限的几滴淡水想维持花的生命，我们一群梦人也想在现在比沙漠还要干枯比沙滩更没有生命的社会里，凭着最有限的力量，想下几颗文艺与思想的种子，这不是一样的绝望，一样的傻？想在海沙里种花，多可笑呀！但我的聪明的朋友说，这幅小小的画里的意思还不止此；讽刺不是她的目的。她要我们更深一层看。在我们看来海沙里种花是傻气，但在那小孩自己却不觉得。他的思想是单纯的，他的信仰也是单纯的。他知道的是什么？他知道花是可爱的，可爱的东西应得帮助它发展；他平常看见花草都是从地土里长出来的，他看海沙也只是地，为什么海沙里不能长花他没有想到，也不必想到，他就知道拿花来栽，拿水去浇，只要那花在地上站直了他就欢喜，他就乐，他就会跳他的舞、唱他的歌，来赞美这美丽的生命，以后怎么样，海沙的性质，花的命运，他全管不着！我们知道小孩们怎样地崇拜自然，他的身体虽则小，他的灵魂却是大着，他的衣服也许脏，他的心可是洁净的。这里还有一幅画，这是自然的崇拜，你们看这孩子在月光下跪着拜一朵低头的百合花，这时候他的心与月光一般的清洁，与花一般的美丽，与夜一般的安静。我们可以知道到海边上来种花那孩子的思想与这月下拜花的孩子的思想会得跪下的——单纯、清洁，我们可以想象那一个孩子把花栽好了也是一样来对着花膜拜祈祷——他能把花暂时栽了起来便是他的成功，此外以后怎么样不是他的事情了。

你们看这个象征不仅美，并且有力量；因为它告诉我们单纯的信心是创作的泉源——这单纯的烂漫的天真是最永久最有力量的东西，阳光烧不焦它，狂风吹不倒它，海水冲不了它，黑暗掩不了它——地面上的花朵有被摧残有消灭的时候，但小孩爱花种花这一点“真”却有的是永久的生命。

我们来放远一点看。我们现有的文化只是人类在历史上努力与牺牲的成绩。为什么人们肯努力肯牺牲？因为他们有天生的信心；他们的灵魂认识什么是真什么是善什么是美，虽则他们的肉体与知识有时候会诱惑他们反着方向走路；但只要他们认明一件事情是有永久价值的时候，他们就自然地会兴奋，不期然地自己牺牲，要在这忽忽变动的声色的世界里，赎出几个永久不变的原则的凭证来。耶稣为什么不怕上十字架？密尔顿何以瞎了眼还要作诗，贝多芬何以聋了还要制音乐，密仡郎其罗为什么肯积受几个月的潮湿不顾自己的皮肉与靴子连成一片的用心思，为的只是要解决一个小小的美术问题？为什么永远有人到冰洋尽头雪山顶上去探险？为什么科学家肯在显微镜底下或是数目字中间研究一般人眼看不到心想不通的道理消磨他一生的光阴？

为的是这些人道的英雄都有他们不可动摇的信心；像我们在海沙里种花的孩子一样，他们的思想是单纯的——宗教家为善的原则牺牲，科学家为真的原则牺牲，艺术家为美的原则牺牲——这一切牺牲的结果便是我们现有的有限的文化。

你们想想在这地面上做事难道还不是一样的傻气——这地面还不与海沙一样不容你生根，在这里的事业还不是与鲜花--样的娇嫩？——潮水过来可以冲掉，狂风吹来可以折坏，阳光晒来可以熏焦我们小孩子手里拿着往沙里栽的鲜花。同样地，我们文化的全体还不一样有随时可以冲掉折坏熏焦的可能吗？巴比伦的文明现在哪里？彭拜城曾经在地下埋过千百年，克利脱的文明直到最近五六十年间才完全发现。并且有时一件事实体的存在并不能证明他生命的继续。这区区地球的本体就有一千万个毁灭的可能。人们怕死不错，我们怕死人，但最可怕的不是死的死人，是活的死人，单有躯壳生命没有灵性生活是莫大的悲惨；文化也有这种情形，死的文化倒也罢了，最可怜的是勉强喘着气的半死的文化。你们如其问我要例子，我就不迟疑地回答你说，朋友们，贵国的文化便是一个喘气的活死！时候已经很久的了，自从我们最后的几个祖宗为了不变的原则牺牲他们的呼吸与血液，为了不死的生命牺牲他们有限的存在，为了单纯的信心遭受当时人的讪笑与侮辱。时候已经很久的了，自从我们最后听见普遍的声音像潮水似的充满着地面。时候已经很久的了，自从我们最后看见强烈的光明像彗星似的扫掠过地面。时候已经很久的了，自从我们最后为某种主义流过火热的鲜血。时候已经很久的了，自从我们的骨髓里有胆量，我们的说话里有分量。这是一个极伤心的反省！我真不知道时代犯了什么不可赦的大罪，上帝竟狠心地赏给我们这样恶毒的刑罚？你看看这年头到哪里去找一个完全的男子或是一个完全的女子——你们去看去，这年头哪个男子不是阳痿，哪一个女子不是鼓胀！要形容我们现在受罪的时期，我们得发明一个比丑更丑比脏更脏比下流更下流比苟且更苟且比懦怯更懦怯的一类生字去！朋友们，真的我心里常常害怕，害怕下回东风带来的不是我们盼望中的春天，不是鲜花青草蝴蝶飞鸟，我怕它带来一个比冬天更枯槁更凄惨更寂寞的死天——因为丑陋的脸子不配穿漂亮的衣服，我们这样丑陋的变态的人心与社会凭什么权利可以问青天要阳光，问地面要青草，问飞鸟要音乐，问花朵要颜色？你问我明天天会不会放亮？我回答说我不知道，竟许不！

归根是我们失去了我们灵性努力的重心，那就是一个单纯的信仰，一点烂漫的童真！不要说到海滩去种花——我们都是聪明人谁愿意做傻瓜去——就是在你自己院子里种花你都懒怕动手哪！最可怕的怀疑的鬼与厌世的黑影已经占住了我们的灵魂！

所以朋友们，你们都是青年，都是春雷声响不曾停止时破绽出来的鲜花，你们再不可堕落了——虽则陷阱的大口满张在你的跟前，你不要怕，你把你的烂漫的天真倒下去，填平了它，再往前走——你们要保持那一点的信心，这里面连着来的是精力与勇敢与灵感——你们要不怕做小傻瓜，尽量在这人道的海滩边种你的鲜花去——花也许会消灭，但这种花的精神是不烂的！